PROLETARIER ALLER LÄNDER,
VEREINIGT EUCH!

WORTE DES VORSITZENDEN GREGOR GYSI

★

EULENSPIEGEL VERLAG
FÜR DEUTSCHSPRACHIGE LITERATUR
BERLIN 2015

格 居西

Vorwort der Herausgeber

Die Idee zu dieser Zitatenkompilation der „Worte des Vorsitzenden Gregor Gysi“ entstand aus einem Scherz heraus. Aber einmal ausgesprochen, wurde sie für uns zur materiellen Gewalt – nun soll sie auch die Massen ergreifen. Irgendetwas müssen doch wir, die wir einige Zeit in seiner Nähe gearbeitet haben, zu seinem Abschied vom Fraktionsvorsitz darbieten. Beim Zusammensammeln wurde uns noch einmal deutlich, dass Gregor Gysi mehr ist, als er durch öffentliche Wahrnehmung und Würdigung erscheint. Dass er ironisch, gewitzt, kokett sein kann – geschenkt. Dass seine politischen Stellungnahmen Tiefgang haben – sicher. Aber er ist auch der Reflektierte, der sich mit der sozialistischen Tradition, einschließlich sozialistischer Theorie, auseinandersetzt, ohne dass er je Ambitionen gezeigt hätte, sich zum Theoretiker des Sozialismus aufzuschwingen. Auseinandersetzung mit der Geschichte des Sozialismus ist für Gregor Gysi jedoch immer auch Anregung für den Zugang zu aktuellen Fragestellungen. Da trifft Gescheitheit auf Scheitern, Anwaltsdenken auf Anwartschaft, es besser zu versuchen.

„Vorsitzender" war Gregor Gysi schon in der DDR. Zunächst Vorsitzender des Berliner Kollegiums der Rechtsanwälte, dann der 15 Kollegien der Rechtsanwälte der DDR. Am 9. Dezember 1989 wurde Gregor Gysi Vorsitzender der SED, ein Amt, das es lange Zeit in dieser Partei nicht gab. Auf der 2. Tagung des Sonderparteitages der SED war damit schon wieder Schluss, jedoch nicht mit dem Vorsitzenden, sondern mit dem Namen SED. Fortan hieß die Partei SED-PDS. Auf dem 1. Parteitag (am 24./25. Februar 1990) wurde wieder eine Modifizierung im Parteinamen amtlich, aber noch immer blieb Gregor Gysi Vorsitzender. Doch es geht auch anders. Der Parteiname konnte fortbestehen, und Gregor Gysi den Parteivorsitz abgeben. Das fand auf dem 3. Parteitag (1. Tagung) statt. Aber Vorsitzender blieb er – der Bundestagsfraktion der PDS (anfangs mit Gruppenstatus). Mit dem 31. Oktober

2000 wird es brüchig. Gregor Gysi kandidierte nicht mehr für den Fraktionsvorsitz. Jedoch Anfang 2002 wurde er in Berlin Senator. Ein Senator ist kein Vorsitzender, aber doch immerhin ein politischer Leiter. Das jedoch blieb er nur bis zu seinem Rücktritt am 31. Juli desselben Jahres. Wäre es nicht zum Zusammengehen von PDS und WASG gekommen, hätte Gregor Gysi vielleicht nicht mehr Vorsitzender werden können. So jedoch wurde er es: Erst Co- (zusammen mit Oskar Lafontaine), dann alleiniger Vorsitzender der Linksfraktion im Bundestag.

Gibt es überhaupt Berührungspunkte zwischen dem anderen Vorsitzenden, Mao Zedong, und Gregor Gysi? Als Mao 1976 starb, war Gregor Gysi 28 Jahre alt. Wäre er im Westen aufgewachsen, hätten Chancen bestanden, dass er zeitweise ein Anhänger maoistischer Ideen gewesen wäre oder mit diesen wenigstens kokettiert hätte. Durch den Bruch zwischen China und der Sowjetunion wurde dieser Weg verstellt. Aber es gibt auch einen wichtigen Grundunterschied paradigmatischen Charakters. Menschen wie Mao schätzen das Leben des Einzelnen nicht besonders. Für ein großes Ziel scheint es ihnen gerechtfertigt, das Leben anderer, auch vieler, zu opfern. Gregor Gysi wird dagegen nicht müde, auf den Wert des Einzelnen hinzuweisen, dessen freie Entfaltung nun einmal die Bedingung für die freie Entfaltung aller sei. Eine Anekdote fällt uns dazu ein: Gregor Gysi besuchte 2014 Xi'an, die Hauptstadt der chinesischen Provinz Shaanxi. In dieser Provinz hatte Mao nach dem Langen Marsch ein Stützpunktgebiet aufgebaut. Damals hatte er noch zehn- bis zwanzigtausend Mann bei sich, die Restbestände der geschlagenen Roten Armee. Als er Shaanxi verließ, waren es Hunderttausende. Der Leiter der Parteischule von Xi'an wünschte Gregor Gysi viel Glück bei seiner politischen Arbeit und vor allem, dass sich die Anhängerschaft der LINKEN um den gleichen Faktor vergrößere; jetzt, wo er in Xi'an gewesen sei, müsse das doch möglich sein. Gregor Gysi ist ein bescheidener Mensch: Eine Verdopplung hätte ihm auch schon gefallen.

Kein Vorwort ohne Dank. An alle Journalistinnen und Journalisten (der Vorsitzende legt von Beginn an Wert auf gendersensible Sprache), aus deren

Interviews und Talkshows wir Gysi-Worte schamvoll aus dem Kontext gerissen haben; an alle Politikerinnen und Politiker, die sich an Gregor Gysi zu gerne gerieben haben bzw. er sich an ihnen; und schließlich an Marion Spröte für freundliche Schreibassistenz.

Es ging uns nicht darum, irgendeine Vollständigkeit zu erreichen. Was wäre hier das Kriterium? Außer vielleicht zu Fragen der allerneuesten theoretischen Physik redet Gregor Gysi ohnehin über alles – also über Gott und die Welt. Nur bei der Quellenangabe haben wir möglichst große Genauigkeit angestrebt.

Natürlich bilden der Titel und das Format dieses Büchleins einen Kontrast gerade zu einer Person wie Gregor Gysi. Aber dieser passt zu seiner Ironie. Indoktrination der Massen? Personenkult? Kulturrevolution? Graswurzelbewegung? Ein Gregor Gysi könnte auch daraus eine Eulenspiegelei machen. Wir haben uns für dieses Eulenspiegelbüchlein entschieden.

Hanno Harnisch und Olaf Miemiec

ÜBER ALTERNATIVEN

Ich bin gebeten worden, zu Ihnen über Alternativen zum Kapitalismus in seiner heute vorherrschenden neoliberalen Ausprägung zu sprechen. Das tue ich als bekennender demokratischer Sozialist gern, weil ich ganz und gar nicht der Auffassung bin, dass wir an das „Ende der Geschichte" gelangt sind, wie das Francis Fukuyama nach dem Zusammenbruch des Staatssozialismus glauben machen wollte.

Aus: „Ende der Geschichte? Über die Chancen eines modernen Sozialismus", Rede an der Universität Marburg, 24. 1. 2007

Unsere zukünftigen Alternativen jenseits dieser bestehenden Gesellschaftsordnung sind – um abschließend noch einmal Friedrich Engels zu zitieren – „nicht etwa aus dem Kopfe zu erfinden, sondern vermittelst des Kopfes in den vorliegenden materiellen Tatsachen der Produktion zu entdecken".

Ebenda

Eine Zusammenbruchstheorie, wie sie auch bei Rosa Luxemburg anklang, ist für mich kein Naturgesetz. Die Erlösung oder Überwindung kann nur aus den Gesellschaften selbst heraus und dort, wo Demokratie herrscht, nur auf demokratischem Wege erfolgen oder auch nicht. Rosa Luxemburgs und Friedrich Engels' zugespitzte Alternative „Sozialismus oder Barbarei" gilt auch heute noch, vielleicht heute wieder mehr als in früheren Zeiten.

Ebenda

Alternativen gibt es immer nur zu etwas Bestimmtem. Je konkreter dies benannt wird, desto größer ist die Menge möglicher Alternativen. Die Alternativen zum „Kapitalismus" sind alle möglichen nichtkapitalistischen Gesellschaftsformen. Wenn wir dagegen den Begriff des Kapitalismus näher betrachten, so erscheinen viele Möglichkeiten, wie sich kapitalistische Herrschaftsverhältnisse in unterschiedlichen Gesellschaften und in unterschiedlichen Epochen darstellen. Jede dieser Ausprägungen hat die anderen möglichen Ausprägungen als Alternative zu sich selbst. Schon deshalb ist das Prinzip der Alternativlosigkeit ideologisch. Aber es wird auch deutlich, dass Alternativen nicht immer etwas Begrüßenswertes sind. Zu demokratisch verfassten Staaten gibt es – als „Alternative" – die Diktatur. Ein anderes Beispiel: die Hartz-„Reformen" sind natürlich eine Alternative zu den vorher existierenden institutionellen Sicherungen sozialstaatlicher Garantien. Das gilt auch für die Alternativen zum Kapitalismus. Ein möglicher „Ausgang" des Klassenkampfs ist nach Marx auch der gemeinsame Untergang der kämpfenden Klassen. Bezogen auf heute kann das auch etwas Katastrophales sein. Das wäre mit Sicherheit keine gute Alternative. Reden wir also über

Alternativen, ist nicht nur die Unterscheidung zwischen Alternativen im Kapitalismus und Alternativen zum Kapitalismus sinnvoll, sondern auch die Unterscheidung zwischen begrüßenswerten und schlechten Alternativen. Gefragt sind also Kriterien.

Für die Kämpfe um innerkapitalistische Alternativen genießt der Begriff der Gerechtigkeit Vorrang. So hat der Begriff der Einkommensgerechtigkeit, dessen Kern sicher der gerechte Lohn ist, seinen primären Sinn innerhalb kapitalistischer Eigentumsverhältnisse, es geht um die Anteile am produzierten Reichtum. Darum wird gekämpft. Ebenso kann man in der Beurteilung der politischen Ordnung und möglicher Alternativen zu ihrer konkreten Gestalt über die Machtverteilung sprechen. Es ist nicht gerecht, wenn privilegierte Leute ihre Macht über die veröffentlichte Meinung ausüben, weil sie Zeitungen mit großer Auflage oder private Fernsehsender gründen können. Am Ende steht dann ein Berlusconi-System. Oder wenn Menschen den Eindruck haben, dass „die da oben" machen, was sie wollen, dann bedeutet das für die politische Inklusionskraft der Demokratie nichts Gutes. Umgekehrt wird dann klarer, was eine demokratische Reform wäre: Mehr wirksame Beteiligung aller am politischen Willensbildungsprozess.

Alternativen zum Kapitalismus benötigen dagegen Kriterien, deren Bezug zu innerkapitalistischen Auseinandersetzungen nicht so innig ist, dass es bei innerkapitalistischen Verteilungskämpfen bleibt, die aber trotzdem verständlich sind. Im Kapitalismus gibt es verteilungspolitische Klassenkämpfe um den Mehrwert. Eine sozialistische Gesellschaft dagegen soll die Produktion und die Verwendung des Reichtums zum Gegenstand demokratischer Herrschaft machen. Das zentrale Kriterium wäre also Emanzipation. Spiegelt man diesen Begriff aber in die innerkapitalistischen Auseinandersetzungen zurück, wird deutlich, dass eine Reihe von Institutionen bereits auch Emanzipationsgewinne repräsentieren. Gewinne, die jederzeit bedroht sind.

Dazu gehören Sozialstaatlichkeit, Rechtsstaatlichkeit und Demokratie.

Das sind Verfassungsprinzipien, die im Begriff sozialer Demokratie verschmelzen und eine Perspektive erkennen lassen, die den Horizont kapitalistischer Produktionsverhältnisse überschreitet. Demokratie kann ihre Grenze nicht dort finden, wo das Privateigentum an Produktionsmitteln beginnt. Im Gegenteil! Der Produktionsprozess gehört zum gesellschaftlichen Lebensprozess dazu und muss den gleichen Prozessen der Steuerung unterworfen werden können, wie das bei der politischen Macht durch demokratische Verfahren auch der Fall sein kann. Denn Privateigentum an Produktionsmitteln, vor allem in Gestalt des konzentrierten Kapitals und der völlig entfesselten Finanzmärkte, stellt ja auch eine Macht dar, dessen Kontrollbedürftigkeit wohl kaum noch bezweifelt werden kann.

Der innerkapitalistische Kampf um die Verteidigung und den Ausbau der sozialen Demokratie ist dann immer auch schon eine Auseinandersetzung, die über den Kapitalismus hinaustreiben kann.

„Neues Deutschland", 12. 6. 2012

ÜBER ANGELN

Es hat zwar eine Weile gedauert, bis ich von meinem inneren Stress runtergekommen bin, aber dann habe ich mich entspannt und gemerkt: Das ist der eigentliche Reiz. Die Leute angeln nicht wegen der Fische. Sie angeln, um zur Ruhe zu kommen.

„taz"-Interview, 29. 5. 2015

ÜBER DEN UNTERSCHIED VON ANWALT UND POLITIKER

Eine Gesellschaft lernen Sie vor allem über Kriminalität und über Scheidung kennen. An Scheidungen erleben Sie alles, was es an Beziehungen und Beziehungskonflikten in einer

Gesellschaft gibt. Und bei den Kriminellen erleben Sie alle Widersprüche einer Gesellschaft. Alles, was bei uns verklemmt ist, kann man als Anwalt erleben, alles, was durch Beherrschung, Mauern, Gefühle, sozusagen durch anerzogene Momente verborgen bleibt, kommt ans Licht. In Gesellschaften wird sehr unterschiedlich gemordet und gestohlen. Es wird auch sehr unterschiedlich vergewaltigt. Sie können die ganze Struktur der Gesellschaft daran erkennen. Das ist eine Erfahrung, die ich als Anwalt in der DDR gemacht habe. ... Michael Schumann hat mir im Januar 1990 mal gesagt: Du bist ja gar nicht der Vorsitzende der Partei, sondern ihr Anwalt. So benimmst du dich zumindest. Ich denke, da ist was dran. Anwälte machen nur einen Job im Auftrag ihrer Klienten. Parteiarbeit verlangt Überzeugung. Der Anwalt macht sich ein Bild und kämpft für seinen Mandanten. Von einem Parteiführer wird ein Weltbild erwartet, für das er kämpft.

„Berliner Zeitung", Interview vom 22. 4. 2000

ÜBER ÄUSSERLICHKEITEN

(Antwort auf die Frage, wie er einem Blinden sein Äußeres beschreiben würde.)

Groß, stark, schlank, mit tollen Locken.

„Freche Sprüche", Schwarzkopf & Schwarzkopf Verlag GmbH Berlin, 1995

ÜBER DIE AUFKLÄRUNG

„Er ist vernünftig" – so dichtete Brecht über den Kommunismus. Und die wirklich schöne Vertonung durch Eisler unterstreicht noch einmal die Attraktivität des Vernünftigen. Es scheint mir keineswegs abwegig, dass Menschen, die eine hohe Meinung von der Macht der Vernunft haben, und weil sie sich selbst auch für ganz patent halten, denken können, dass die Gesellschaft einfach nur nach Vernunftmaßstäben eingerichtet werden muss. Und dabei sind die, die sich für vernünftig halten, immerhin so

vernünftig, sich eine nicht völlig bescheidene Rolle bei der Neugestaltung der Gesellschaft einzuräumen.

Das ist die Aufklärung vom alten Schlag. Heute – im Zeitalter der postmodernen Hochnäsigkeit gegenüber der Aufklärung – bin ich zwar geneigt, die Aufklärung zu verteidigen, aber in diesem Punkt ist sie einfach angreifbar. Hegel und Marx haben das bereits so gesehen. [...] Die knappe Formulierung aus den *Feuerbachthesen*, wonach die Aufklärer die Gesellschaft in einen aufgeklärten und einen aufzuklärenden Teil aufspalten, stellt klar, worum es auch geht – um den Machtwillen der Aufklärer. Wer den Erzieher denn erziehe, fragt Marx ironisch. Es ist klar, Kritik des Machtanspruchs ist ausgeschlossen. [...] Ich möchte nur auf eine Schwäche hinweisen: Dass im reinen Gewande der Vernunft ein schierer Machtwille sich Bahn bricht, der Kritik nicht mehr zulassen kann. Es kann nun leider nicht geleugnet werden, dass auch Marxisten hier anfällig waren; und es wäre einmal reizvoll, der Frage nachzugehen, wie viel oder wenig Marxismus schon in Marx steckte.

Aus: Vortrag bei der Konferenz „Marx-is-muss" vom 29. 11. 2009

ÜBER AUSBILDUNG

Ausbildung mag teuer sein, aber Jugendgefängnisse sind viel teurer.

Wahlkampfveranstaltung der Linkspartei.PDS in Potsdam, 10. 9. 2005

ÜBER AUSLÄNDER-FEINDLICHKEIT

Machen Sie sich doch bitte einmal folgenden Gedanken: Was passiert denn an dem Tage, an dem an unseren Grenzen 500 000 oder 600 000 Menschen stehen? Sagen Sie schon hier und heute, was Sie dann zu tun gedenken! Mit Visabestimmungen werden Sie dieses Problem dann mit Sicherheit nicht lösen. Ich glaube, die Menschen in diesem Land haben ein Recht auf Antwort darauf.

Aus: Debatte im Deutschen Bundestag über ausländerfeindliche Ausschreitungen, 25. 9. 1991

ÜBER RUDOLF BAHRO

Anstatt, wie viele Tausende Bürger unseres Landes, an der weiteren Entwicklung der sozialistischen Gesellschaft zum Kommunismus, an der Überwindung von Problemen, Schwierigkeiten und Widersprüchen mitzuwirken, hat er den konkret existierenden, realen Verhältnissen der DDR, zumindest in wesentlichen Teilen, den Kampf angesagt.

Aus dem Plädoyer auf der Hauptverhandlung gegen Rudolf Bahro, 30. 6. 1978, Ost-Berlin

Ich denke, bei Bahro gab es einen sehr speziellen Aspekt: Inzwischen war nämlich nicht mehr zu überhören, dass Künstler in der DDR immer aufmüpfiger wurden. Die Biermann-Ausbürgerung war geschehen, und besonders Schriftsteller nahmen kein Blatt mehr vor den Mund … Einige systemkritische Ventile waren also nicht mehr zu schließen. Aber dann auch noch unerbittlich kritische Töne ausgerechnet von Leuten aus der Wirtschaft? Das war doch das Signal, das von Bahro ausging. Ausgeschlossen für die Parteispitze! Da musste ein Exempel statuiert werden.

„Was bleiben wird", Ein Gespräch mit Friedrich Schorlemmer über Herkunft und Zukunft, Aufbau Verlag Berlin, 2015

ÜBER RUDOLF BAHRO UND ROBERT HAVEMANN

Havemann habe ich respektiert und geschätzt, Bahro mochte ich und mag ich.

Gregor Gysi: „Das war's noch lange nicht", Autobiographische Notizen, ECON Verlag GmbH Düsseldorf, 1995

ÜBER BANKEN

Ich bin für die Entmachtung der Großbanken und Großkonzerne, nicht weil manche von ihnen mehr Mittel bewegen und höhere Gewinne erwirtschaften als die meisten Staaten der Erde, sondern weil sie ihre finanzielle und wirtschaftliche Potenz dazu nutzen, Staaten und Staatenbündnissen ihre Vorstellungen zu diktieren. Sie nutzen den Staat als Instrument zur Durchsetzung und Sicherung ihrer und der Interessen ihrer Aktionäre. Und diese kennen nur ein Ziel: höhere Rendite, also Profit.

Banken werden doch nicht deshalb mit Steuergeldern gerettet, um beispielsweise Arbeitsplätze in der Branche zu sichern, sondern um die durch Spekulationen erlittenen Verluste der Aktionäre auszugleichen. Gewinne werden privatisiert, Verluste sozialisiert, also auf die Allgemeinheit verteilt.

Falsch ist die Darstellung, alles wäre eine Art Naturkatastrophe. Wenn tagelange Regengüsse die Flüsse anschwellen und Deiche brechen lassen, ist das im wesentlichen der Natur zuzuschreiben, es ist nicht so ohne weiteres zu verhindern. Finanz- und Wirtschaftskrisen hingegen sind ausschließlich Menschenwerk. Also subjektiv verursacht und darum auch verhinderbar.

Gregor Gysi: „Wie weiter? Nachdenken über Deutschland“, Das Neue Berlin, 2013

ÜBER DIETMAR BARTSCH

Im Jahre 1990 – ich war Parteivorsitzender – durchlebte die Partei eine schwierige Krise im Zusammenhang mit einem Finanzskandal. Mein damaliger Stellvertreter und weitere Personen hatten versucht, im vermeintlichen Interesse der Partei hundert Millionen Mark im Ausland zu sichern. Dafür wurden sie sogar inhaftiert und erst Jahre später freigesprochen. 1990 sah es so aus, als ob die Partei diese Krise nicht überstünde. Niemand war daran interessiert, den Schleudersitz des Schatzmeisters zu übernehmen. Der Einzige, der sich dazu bereitfand, war Dietmar Bartsch. Er hat die Partei bravourös aus dieser Krise herausgeführt und ihre Finanz- und Vermögensverhältnisse geordnet. Es ist ihm auch gelungen, einen Vergleich mit der Treuhandanstalt und der „Unabhängigen Kommission zur Überprüfung des Vermögens der Parteien und Massenorganisationen der ehemaligen DDR" abzuschließen, um alle Fragen der Vergangenheit und der Zukunft zu klären. Nie wieder wurde ein Finanz- oder Vermögensbericht der PDS, der jährlich dem Bundestag zur Verfügung zu stellen ist, beanstandet. Es gab keinen Spendenskandal und keine anderen diesbezüglichen Vorwürfe gegenüber der PDS. Auch als Bundesgeschäftsführer hat er hervorragende Arbeit bei der Organisierung der Partei geleistet. Selbst wenn man ihn also für bestimmte Momente im Bundestagswahlkampf 2002 berechtigt kritisiert, selbst wenn man ihm vorwirft, zu sehr in Konkurrenz mit Gabriele Zimmer gestanden zu haben, selbst wenn man seine angekündigte und dann doch nicht realisierte Kandidatur für das Amt des Parteivorsitzenden für falsch hält, rechtfertigt all das nicht ein solches Misstrauen. Die Mehrheit der Partei darf eine solche Verhaltensweise nicht dulden, sonst nähme sie dauerhaft und erheblich Schaden.

Gregor Gysi: „Was nun? Über Deutschlands Zustand und meinen eigenen", Hoffmann und Campe Verlag, Hamburg 2003

[... den er 2010 öffentlich der Illoyalität bezichtigte, was fast zwingend zu dessen Rücktritt als Bundesgeschäftsführer geführt hat.]

Das tut mir heute leid. Ich hatte gar nicht die Absicht, ihn zum Rücktritt zu bringen. Ich fand meine Äußerung zwar inhaltlich richtig, aber was daraus dann wurde, bedaure ich. Heute ist mein Verhältnis zu ihm zum Glück wieder sehr gut. Insgesamt würde ich sagen: Hart bin ich eigentlich nicht. Ich ja eher harmoniesüchtig. Es sei denn, man reizt mich übermäßig. Dann kann ich eine solche Rede halten wie in Göttingen

2012 [damals beklagte Gysi „Hass" in der Fraktion; d. Hrsg.]. Da ist innerlich schon was los, aber dann sind mir die Reaktionen auch egal, dann muss alles raus. Insofern bin ich mit meiner Rede in Göttingen noch heute zufrieden, mit der Sache mit Dietmar Bartsch nicht.

Interview mit der „Frankfurter Rundschau", 19. 6. 2015

ÜBER BAYERN

Wenn wir in einen westdeutschen Landtag einziehen, verändern wir Deutschland, wenn wir in Bayern einziehen, verändern wir die Welt.

Aus: Rede zur bayerischen Landtagswahl am 25. 7. 2008

ÜBER LOTHAR BISKY

In der PDS führte die Neuerarbeitung sozialistischen Denkens zugleich zu einer Art Misstrauen. Und zwar insbesondere gegenüber abgeschlossenen Denksystemen und einem dogmatischen

Gebrauch von Wahrheitsansprüchen. Diese Erfahrung führte zu einem PDS-typischen Stil der politischen Rede. Exemplarisch dafür steht Lothar Bisky: nachdenklich, eher erörternd und abwägend, selten nur polemisierend; selbst Wut äußert sich bei ihm eher in bitterem Sarkasmus.

Aus: „Bereichernde Unterschiede", ND 16. 6. 2012

ÜBER CHINA

Carter soll mit Deng Xiaoping gesprochen und seine Menschenrechtsfragen runtergefragt haben. U. a. wann die Chinesen endlich frei ausreisen dürften. Und da hätte Deng Xiaoping einen Moment lang überlegt und gesagt: Wieviel wollen Sie denn – 200 Millionen oder 300 Millionen Chinesen? Dann hätte Carter einen Moment überlegt und gesagt: Ach wissen Sie, lassen Sie es doch, wie es ist.

„Die Ränder sind die Hoffnung" aus einem Gespräch zwischen Gregor Gysi und Heiner Müller am 5. 6. 1992 im Alexander Verlag, Berlin

ÜBER DARMBAKTERIEN

Was wenig bekannt ist, wir hatten ja schon einmal – zumindest höchstwahrscheinlich – ein Leben auf der Erde, das beendet worden ist. Das war ein „umgekehrtes Leben". Es hatte Reduktionsprozesse, nicht Oxydationsprozesse zur Grundlage, das heißt, nicht aus Eisen wurde Rost, sondern aus Rost Eisen. Und das Leben, das es gab, war ausgerichtet auf Reduktionsprozesse, nicht auf Oxydationsprozesse. Und da gibt es noch Restbestände, das sind unsere Darmbakterien und Bakterien in der Tiefe des Ozeans. Die leben von Reduktionsprozessen. Für die ist Sauerstoff tödlich. Das sollen die Reste der ersten Lebensstufe sein. Die war nicht hochentwickelt, ist über Bakterien wohl nicht wesentlich hinausgegangen. Aber dann ist etwas Interessantes passiert: Die Photosynthese ist irgendwie entstanden, wie, weiß man wohl nicht. Und plötzlich stürzte sich das Leben auf Oxydationsprozesse und nicht mehr auf Reduktionsprozesse. Damit ging die erste Lebensform zu

Ende, und es entstand die neue, in der wir heute leben. Das will ich nur als optimistischen Ausklang sagen: Also wenn wir so weitermachen, geht zwar diese Lebensform ein, aber es kommt vielleicht eine dritte. Und zumindest die Darmbakterien haben dann eine gute Chance, weil sie sich über Reduktionsprozesse erhalten können. Wenn auch der Mensch verstummt. Deshalb versucht die PDS als Bakterie dieser Gesellschaft Wirkung zu zeigen und sich jetzt schon auf Reduktionsprozesse statt auf Oxydationsprozesse einzustellen. Und ich finde, da haben wir eine Chance.

Aus einem Gespräch zwischen Gregor Gysi und Heiner Müller am 5. 6. 1992 im Alexander Verlag, Berlin

ÜBER DEMOKRATIE

Das politische Gleichheitsideal des Republikanismus geht ja von einer politischen Gleichheit aller als Rechts- und moralische Personen aus. Über ihre politischen Angelegenheiten sollen daher auch alle Bürgerinnen und Bürger eines Gemeinwesens gleichermaßen befinden können. Nun ist es aber nicht ganz zu leugnen, dass die kapitalistische Ökonomie ziemlich verheerende Wirkungen auf die reale Machtverteilung in einer Gesellschaft hat. Sie höhlt formale Rechtsgarantien deutlich aus.

Daher gibt es einen demokratischen Zugang zur Linken. Wenn es eben so ist, dass der Kapitalismus die demokratischen Freiheits- und Selbstbestimmungsversprechen zur bloßen Ideologie herunterkommen lässt, dann muss man seinen Einfluss eingrenzen und verkleinern können. Eine sozialistische Variante dieser Überzeugung gibt es auch. Sie sieht ebenso den Dauerkonflikt zwischen demokratischer Idealvorstellung und kapitalistischer Wirklichkeit, so dass sie eine wirkliche, unverzerrte Demokratie eben erst in einer Gesellschaft für möglich hält, in der auch ökonomische Prozesse Gegenstand gemeinsamer Willensbildung werden.

Aus: Vortrag auf der Konferenz „Marx-is-muss“, 29. 11. 2009

Eine Linke kann es wirksam und fortschrittsbezogen nur als demokratische Linke geben. Und wenn ich etwas Freundliches über die frühere PDS sagen darf: Diese Einsicht hat ihren Neubeginn als Partei überhaupt erst möglich gemacht.

Nun ist unsere Partei auch aus einer anderen Quell-Partei hervorgegangen, der WASG. Die WASG konnte sich nur bilden, weil größere Teile der Bevölkerung, insbesondere ehemalige SPD-Wählerschichten, sich politisch nicht mehr repräsentiert fühlten. Wir haben oft vom „neoliberalen Parteienkartell" gesprochen. In dieser, unserer Demokratie ist es möglich, dass der politische Diskurs des Establishments eine ideologische Linie als Selbstverständlichkeit ausgibt, die für größere Teile der Bevölkerung überhaupt nicht selbstverständlich ist. Dann können Repräsentationsdefizite entstehen. Die Agenda-Politik ist dafür ein Beispiel. Die angebliche Sozialromantik haben SPD, Union, Grüne und FDP stolz überwunden, große Teile der Bevölkerung fanden das hingegen überhaupt nicht nachvollziehbar. Die WASG nannte sich daher sehr bewusst „Wahlalternative". Eine demokratische Repräsentation benötigt eine politische Kraft, die diesem Konsens des Establishments entgegenwirkt. Insofern ging es der WASG, vielleicht sogar entgegen ihren Intentionen, um politische Re-Integration derjenigen, die sich nicht mehr repräsentiert fühlten. Reflektiert man auf diesen Vorgang, dann lässt sich auch sagen: Dort, wo der Neoliberalismus den Staat übernimmt, geht es der Demokratie gar nicht gut. Eine demokratische Linke muss daher immer auch einen kritischen Blick für die Gefährdungen der Demokratie haben.

Diese beiden Thesen: „Eine Linke kann es für uns nur als demokratische Linke geben" und „eine demokratische Linke muss kritisch auf Gefährdungen der Demokratie reagieren" sind für uns verpflichtende Ausgangspunkte.

Aus: Rede auf dem 1. Parlamentariertag der LINKEN in Magdeburg, 2010

Ein mehr oder weniger konventionelles Demokratieverständnis besteht darin, Rechtsgehorsam aus Einsicht in den Vernunftgehalt der rechtsetzenden Verfahren zu erklären. Dieser Demokratiebegriff ist auf eine Art Verfahrensgerechtigkeit zugeschnitten.

Dieses Demokratieverständnis ist nicht falsch, aber eine formalistische Verengung. Denn wir müssen immer auch auf die materiellen Voraussetzungen der Demokratie reflektieren. Damit schließt sie mehr ein als einen bloßen Formalismus, die Demokratie kann für uns nur eine soziale Demokratie sein.

Soziale Demokratie heißt vor allem: Alles was zu den Voraussetzungen der Demokratie gehört, alles auch, was die Teilhabe aller einschränken könnte, muss Gegenstand politischer Willensbildung sein können.

Ebenda

Es keimte insbesondere ab 1985 die Hoffnung, dass sich die Führung nicht ewig dem Kurs von Gorbatschow verschließen kann. Im Grunde genommen existierte diese Hoffnung schon seit Helsinki, weil die mit der KSZE verbundene außenpolitische Öffnung ohne innenpolitische Öffnung nicht auf Dauer gutgehen konnte. Die Schere zwischen Außenpolitik und Innenpolitik wurde jedoch immer größer. Im Januar 1988 war mir schließlich klar, dass die Politik der Repressalien ja auch gar nicht mehr funktionierte. Eine kleine Gruppe junger Leute, damals um den Liedermacher Stefan Krawczyk, die Regisseurin Freya Klier, die Malerin Bärbel Bohley, will mit einer Losung von Rosa Luxemburg zu einer Demonstration zu Ehren von Rosa Luxemburg. „Freiheit ist immer die Freiheit der Andersdenkenden" – der Staat kann diesen Satz nicht ertragen. Aber das ist noch gar nicht der Punkt, warum die Politik der Repressalien aufhörte zu funktionieren. Es lag auf einer anderen Ebene:

Denn wenn ein Staat nach einer Demonstration 150 oder mehr Leute festnimmt, um sie innerhalb von 48 Stunden in den Westen zu entlassen, und die kleine Gruppe, die nicht in die Bundesrepublik möchte, geradezu anbettelt, dass sie vorübergehend nach Großbritannien reist, dann ist das ein Ausdruck dafür, dass er nicht *mit* ihnen leben kann, dass er aber andererseits auch keine Instrumentarien mehr *gegen* sie hat – welcher Art auch immer. Damals wurde unter Anwälten klar: Das ist das Ende. Die Führung hätte einen völlig neuen Weg beschreiten müssen, aber das hat sie eben nicht getan.

Gregor Gysi / Thomas Falkner „Sturm aufs Große Haus – Der Untergang der SED", Edition Fischerinsel Berlin, 1990

ÜBER KRITIK AM DDR-SYSTEM

Besonders ernst wurde jede Form der Kritik am System genommen, bis hin zu strafrechtlichen Konsequenzen. Um einzelne Textstellen in Büchern und Theaterstücken wurde lange gestritten und gerungen. Und jede dann doch erlaubte Kritik fand große Aufmerksamkeit und ein begeistertes Publikum. Selbst die Tatsache, dass der Staat in der Regel nur höchst ungern zuließ, dass ihn einer seiner Bürger verließ, unterstrich auf eine pervertierte Art die Bedeutung eines jeden.

„Die ungewollten Verwandten – warum die Ostdeutschen mit dem neuen Leben nicht zurechtkommen", „Der Spiegel", 5. 6. 1991

ÜBER DEN UNTERSCHIED VON DDR UND BRD

Die DDR war übersichtlicher, die Welt von heute ist unübersichtlich. Es gab ein Stück mehr Solidarität, weil man mehr aufeinander angewiesen war. [...] Natürlich gab es beachtliche Einschränkungen der Freiheit und Demokratie. [...] Man konnte auch Schritt für Schritt rechtliche Erfolge erzielen, außer natürlich, wenn es um Machtfragen oder vermeintlich um Machtfragen ging, das war eine Ausnahme. [...] Die

Arbeitsplätze waren sicher, von einigen politischen Ausnahmen abgesehen. [...] Ich habe mal einen Schriftsteller vertreten, der wegen Hetze verurteilt worden war und der sagte zu mir: „Arm lebt es sich in der DDR besser, reich in der Bundesrepublik." Darüber habe ich lange nachgedacht. Er meinte, dass man mit wenig Geld in der DDR durchgekommen sei, weil es vieles gab, das sehr billig war. Aber das war nur von Nutzen, wenn man relativ arm gewesen ist. Wenn man eher wohlhabend war, dann nervte es, dass man die Sachen nicht bekam, die man wollte.

Interview „Super-Illu" vom 1. 10. 2014

ÜBER DEN UMSTAND, EIN DEUTSCHER ZU SEIN

Natürlich bin ich Deutscher. Der Begriff ist historisch so unterschiedlich belastet, ich finde, es machen sich viele sehr einfach, indem sie sich die Rosinen aus der Geschichte herauspicken.

Das kann ich natürlich auch – von Goethe über Schiller – und sagen, in dem Sinne bin ich Deutscher und bin es gern. Seine Nationalität kann man sich nicht aussuchen. Und ich finde, man muss versuchen, dazu ein Gefühl, ein Verhalten und ein Verständnis zu finden. Aber man sollte es nie überbewerten. Mich interessiert zum Beispiel an einem anderen Menschen die Nationalität – ich will nicht sagen als Letztes –, aber vielleicht als Vorletztes.

Gespräch mit Günter Gaus im 1. Programm des DFF, 27. 1. 1990

ÜBER DIE DEUTSCHE EINHEIT

Die Deutsche Einheit ist an dem Tage vollendet, an dem die juristische Sonderbehandlung der Ostdeutschen aufhört, an dem in Ost und West gleich verdient wird, an dem es auf Sylt so viele ostdeutsche Immobilieneigentümer wie gegenwärtig westdeutsche auf Rügen gibt und an dem die erste Ostdeutsche in einem westlichen

Bundesland zur Ministerpräsidentin gewählt wird – und sich über all das niemand in Ost und West wundert. Daran können Sie sehen, wie weit wir noch von diesem Prozess entfernt sind.

Aus: Rede im Deutschen Bundestag am 11. 9. 1996

ÜBER MATHIAS DÖPFNER

Wir werden uns gegenseitig nicht los, und dabei soll es bleiben.

„Gysi trifft Döpfner", Matinee im Deutschen Theater, 17. 11. 2013

ÜBER DROGEN

Alkohol ist auch nicht verboten. Der Kampf gegen Haschischkonsum bei gleichzeitiger Legalisierung ist wohl der richtige Ansatz. Bei harten Drogen sehen wir das allerdings anders.

„Frankfurter Allgemeine Sonntagszeitung", September 2009

ÜBER DAS DUZEN

Das ist so eine Masche von Sozis, Grünen und Linken. Irgendwann fangen die an, sich zu duzen. Auch Jürgen Trittin und Anton Hofreiter zum Beispiel duze ich. Bei Frau Göring-Eckardt dagegen hat es sich nicht ergeben. Aber auch mit den Sozialdemokraten Sigmar Gabriel, Frank-Walter Steinmeier und Thomas Oppermann bin ich per Du. Bei CDU/CSU und FDP ist das anders. Da ist ein anderer Abstand.

Interview „B. Z." vom 2. 3. 2014

ÜBER DAS EIGENTUM

Ich möchte ein zweites brisantes und umstrittenes Problem in der Linken aufgreifen, die berühmte Eigentumsfrage. Orthodoxe Marxistinnen und Marxisten gingen und gehen davon aus, mit der Enteignung der Eigentümerinnen und Eigentümer wären alle Fragen im Kern beantwortet, damit wäre die Machtfrage gelöst.

Das Problem ist jedoch wesentlich komplizierter.

Aus: „Ende der Geschichte? Über die Chancen eines modernen Sozialismus", Rede an der Universität Marburg, 24. 1. 2007

Das Problem ist dabei nicht die Eigentumsfrage, sondern die Frage der gesellschaftlichen Kontrolle und Teilhabe ... Es geht also nicht einfach um Macht und Eigentum, sondern um die Inhalte von Macht und Eigentum.

Ebenda

ÜBER EINS-DREISSIG IN DEN MEDIEN

Bei Medien gibt es die berühmte Eins-dreißig-Sentenz. Man glaubt also ernsthaft, politische Vorgänge in eineinhalb Minuten erklären zu können. Das geht natürlich vollkommen daneben. Das habe ich zum Glück gemerkt, und deshalb habe ich ein bis zwei Mal im Jahr eine Vorlesung gehalten, eine oder eineinhalb Stunden, über Arbeit oder was auch immer. Dafür musste ich mich natürlich einarbeiten, und ich habe das gemacht, um zu sehen, ob ich ein Thema noch vertiefen kann. Das tun zu wenige Politikerinnen und Politiker. Diese Eins-dreißig-Sentenzen können leicht dazu führen, dass man nur noch im Eins-dreißig-Format denken kann. Und das ist ein bisschen wenig, auch für die Politik.

Interview mit der „Frankfurter Rundschau", 19. 6. 2015

ÜBER DEN EURO

Ein Zurück zu den alten Nationalstaaten in Europa, auch zum alten deutschen Nationalstaat, darf es mit der Linken nicht geben.

Interview mit der „Saarbrücker Zeitung", 21. 8. 2015

Wenn Griechenland wirklich aussteigt aus dem Euro, dann ist die Vorstellung, dass die mit uns den Wechselkurs Drachme-Euro vereinbaren, glaube ich, daneben. Das werden die nicht machen. Die werden dann nutzen, dass ihre Währung nichts wert ist, weil sie das, was sie herstellen, dann viel, viel billiger exportieren können.

Und unsere Exporte werden unbezahlbar in Griechenland. Die können wir dann einfach vergessen und einstellen. Aber das nächste Problem ist: Die griechischen Banken, die ja pleite gehen können, stecken ja auch in den bulgarischen und in anderen Banken. Dort werden ja auch Krisen ausgelöst. Das Ganze kann sich ausweiten über Portugal und Spanien auch in andere Länder.

Und das Risiko – deshalb bin ich so gegen den Weg der drei europäischen Institutionen und auch der Bundesregierung. Ich verstehe die zwar politisch, dass die eine linke Regierung nicht mögen und so weiter, das ist ja alles nachvollziehbar. Aber einen Crash-Kurs darf man nie in Kauf nehmen, weil man seine Folgen nicht abschätzen kann. Und deshalb sehe ich eine Gefährdung für die europäische Idee.

Und das ist das Letzte, was wir uns leisten können, weil die Europäische Union einen großen Vorteil hat, dass es zwischen den Mitgliedsländern keinen Krieg geben kann. Und deshalb darf die nicht aufgelöst werden. Und im Augenblick, tja, haben wir eine sehr gefährliche Situation.

Und übrigens, wenn alle die nationalen Währungen wieder bekommen: Darf ich Ihnen mal beschreiben, was dann passiert? Also, dann ist es so: Dann ist der Franc nichts wert, der Peso nichts wert, die Drachme ist erst recht nichts wert. Die Deutsche Mark hat einen ganz hohen Wert. Das klingt ganz nett, weil dann unsere Sparguthaben wieder einen höheren Wert haben, aber wir sind viel zu teuer. Und dann können wir so gut wie nichts exportieren, dann kriegen wir Massenarbeitslosigkeit und sonstige Folgen. Gerade wir, wir Deutsche brauchen den Euro am dringendsten.

Interview „Deutschlandradio Kultur", 1. 7. 2015

ÜBER EUROPA

Europa ist eine alte, übrigens so sagte Viktor Hugo, sogar pazifistische und linke Idee. Diese linke Idee fand durch die Schrecken des ersten Weltkrieges damals auch innerhalb der linken Sozialdemokratie verstärkten Wiederhall. Im Heidelberger Programm der SPD von 1925 wird das artikuliert. Die europäische Integration muss bei aller Kritik gegen ihre falschen Freunde verteidigt werden als eine ursprünglich linke uns humanistische Idee. Das ist auch unsere Aufgabe. Allerdings: Europa, das schließt auch Osteuropa ein, das schließt auch Russland ein. Wir wollen das ganze Europa.

Europaparteitag 15./16. 2. 2014 in Hamburg

Der größte Fortschritt der Europäischen Union besteht darin, dass es zwischen den Mitgliedsländern der Europäischen Union keinen Krieg mehr gab und auch nicht geben wird. Diese Kriege haben aber das vorige und das vorvorige Jahrhundert gekennzeichnet. Deshalb ist der Friedensgedanke so wichtig, und den müssen wir auch in der Europäischen Union hochhalten. Die Nationalstaaten werden immer weniger in der Lage sein, ihre Verantwortung allein wahrzunehmen.

Ebenda

Was wir in Europa brauchen, ist ein stärkeres Europäisches Parlament und eine Demokratisierung der EU. Ich bin ja immer für ungewöhnliche Vorschläge zu haben: Mir hat mal einer gesagt: Was hältst du denn von einer kleinen EU-Armee zum Schutze der EU, wenn alle nationalen Streitkräfte und Atomwaffen abgeschafft werden? Das klingt doch ganz nett. Über sowas kann man ja mal diskutieren. Aber was die Bundesregierung und die anderen europäischen Regierungen wollen, ist doch immer noch eins obendrauf. Alle nationalen Streitkräfte bleiben und dann noch europäische Truppen. Das ist der völlig falsche Weg.

Ebenda

Es ist jetzt deutlich geworden, dass die Europäische Union in einen Zustand eingetreten ist, in dem die einzelnen Staaten als egoistische Nutzenmaximierer gegeneinander konkurrieren. Die Alternative wäre eine solidarische Gemeinschaft, in der Kooperationsgewinne zur Entfaltung des wirtschaftlichen Lebens, zum Ausbau öffentlicher Infrastrukturen und sozialer Sicherungssysteme genutzt würden. Offenbar herrscht insbesondere in Deutschland die fast schon paranoide Vorstellung, dass dann alle anderen Länder der EU es sich auf Kosten Deutschlands gut gehen lassen könnten, ohne einen Finger krumm zu machen. [...]

Die anderen Länder, die anderen Völker beginnen, sich dagegen zu wehren, sie wollen kein deutsches Europa. Vielleicht erzwingen sie eine wirkliche europäische Integration, statt den Rumpf einer gemeinsamen Währung, die eher spaltet als vereint. Deutschland erleidet zurzeit einen starken Ansehensverlust, den unsere Bevölkerung bezahlen muss. Im Augenblick erscheint Deutschland wie der Sieger. Aber Sieger, die nicht aufhören können zu siegen, verlieren später aber deutlich. Ich hoffe, nicht so deutlich, dass ein europäisches Deutschland unerreichbar bleibt.

„Griechenland trägt keine Schuld", ZEIT-online, 21. 7. 2015

Gysi: Im Interesse der Stabilität in Europa und der Bündnisse darf kein nationalistischer deutscher Sonderweg gegangen werden. Was die Frage der Einigung oder der Wiedervereinigung betrifft, so haben wir eine ganz klare Position. Wir wollen uns in das europäische Haus und in den europäischen Einigungsprozess einordnen und dabei von der Zweistaatlichkeit ausgehen. Wer dies leichtfertig aufgibt, trägt zur Destabilisierung in Europa bei. Die Deutschen haben das Recht verloren, wiederum die Ursache für einen Konflikt in Europa zu sein, und dies zum dritten Mal.

Gespräch zwischen Gregor Gysi und François Mitterand, 21. 12. 1989, Archiv des Auswärtigen Amtes

ÜBER FAHNENAPPELLE

Im Herbst 1989 haben doch viele Menschen in der DDR gehofft, dass es die entsetzlichen Fahnenappelle im Ferienlager nicht mehr geben würde. Was sie nicht wussten, war, dass sie das Ferienlager gleich mit verlieren würden.

Leipziger SPIEGEL-Forum, „Der Spiegel", 9. 10. 1995

ÜBER FALSCHPARKER

Anders als bei millionenhoher Steuerhinterziehung kann auch eine Selbstanzeige durch den Falschparker diese Ausforschung nicht stoppen.

Gregor Gysi auf Facebook, 2013

ÜBER SIGMAR GABRIEL

Die SPD weiß nicht, was sie will. Gabriel redet an einem Tag so, als ob er jetzt tapfer Widerstand gegen Merkel leisten wolle. Dann ordnet er sich wieder ein und unter. Vielleicht ist er zufrieden als Vizekanzler.

Interview „Deutschlandfunk", 16. 8. 2015

ÜBER GERECHTIGKEIT

Über den Begriff der Gerechtigkeit haben nicht nur Philosophen vortrefflich gestritten. Der Gewinn, den man daraus ziehen kann, ist der, dass es keine Einigung darüber zu geben scheint, was gerecht ist. Dennoch gibt es aber eines, über das man nicht hinwegreden kann, die beständige Erfahrung von Millionen von Menschen, die diese Gesellschaft als ungerecht bezeichnen. [...]

In unserer Gesellschaft haben wir einen höchst ungleichen Zugang zu Bildung und zu Informationen, damit auch höchst unterschiedliche Fähigkeiten zur Interessenartikulation. Vor Gericht haben diejenigen mit Geld für gute Anwältinnen und Anwälte und Gerichtskosten deutlich bessere Karten. Schließlich herrscht ein ungleicher Zugang der Bürgerinnen und Bürger zu Massenmedien und politischen Entscheidungen. All das ist abhängig vom Einkommen und von ökonomischer Macht. [...]

Wenn Gerechtigkeit mit der Machtfrage zusammenhängt, dann ergibt sich daraus erstens, weshalb die Philosophie sich nie auf einen gemeinsamen Begriff der Gerechtigkeit verständigen konnte und zweitens, weshalb der Begriff der Gerechtigkeit nicht universalisierbar ist. In einer Gesellschaft mit Interessenkonflikten, die sich an Eigentumsverhältnissen entzünden, kann man nicht erwarten, dass alle mit „Gerechtigkeit" denselben Inhalt verbinden. [...]

Politik heißt Verhältnisse ändern. Das Thema Gerechtigkeit wird zum politischen Thema, wenn Politik auf die Verhältnisse so einwirken soll, dass mehr oder weniger Gerechtigkeit hergestellt werden kann. Linke wollen mehr Gerechtigkeit dadurch erzielen, dass sie den zerstörerischen Einfluss kapitalistischer Märkte auf die Gleichheit zurückzudrängen versuchen oder auf die kapitalistische Wirtschaft direkt einwirken wollen. [...]

Aus: „Umverteilung", in „Clara" vom 26.5.2010

ÜBER EINEN NEUEN GESELLSCHAFTSVERTRAG

Dieses Manifest wendet sich an alle in Deutschland lebenden Menschen. Es ist ein Angebot zum Gespräch – zum Gespräch über unsere Zukunft. Die gegenwärtig herrschende Politik ist zur Bedrohung für uns alle geworden. Mehrheitsfähige Alternativen jenseits von Sozialabbau, Illiberalismus und Kampfeinsätzen der Bundeswehr im Ausland werden gesucht. Die Koalition der etablierten Parteien in Bonn spielt mit der Angst vor Verarmung, Krieg und Katastrophen. Wir dagegen suchen nach neuen Chancen für den gemeinsamen Weg ins 21. Jahrhundert. Immer neue Schritte werden getan, die uns in Ost und West, Arm und Reich, Arbeitslose und Erwerbstätige, Frauen und Männer,

Deutsche und hier lebende Migrantinnen und Migranten zu spalten suchen und damit das Schicksal der Weimarer Republik beschwören. Wir dagegen fragen nach einem neuen Gesellschaftsvertrag, der uns allen gemeinsam neue Möglichkeiten eröffnet. Wir haben die Vision einer lebenswerten Welt. Als Sozialistinnen und Sozialisten wollen wir dazu beitragen, um jene noch unbeschrittenen Wege zu finden, durch die die Menschenrechte auf Freiheit, Solidarität und demokratische Mitbestimmung, auf Arbeit, Wohnung und Gesundheit, auf Frieden und Naturerhaltung unter den radikal veränderten Bedingungen durchgesetzt werden können.

Gregor Gysi: „Ingolstädter Manifest", Februar 1994

ÜBER REVOLUTIONÄRE GEWALT

Gegen eine kapitalistische Diktatur ist die Anwendung von Gewalt gerechtfertigt, um sie zu überwinden, braucht man eine Revolution. Wir aber leben in einer politischen Demokratie.

Deshalb kommt für uns nur der gewaltfreie Weg der Transformation in Frage. Wir müssen versuchen, eine Mehrheit der Menschen in unserem Land von unserem Weg zu überzeugen. Wenn uns das nicht gelingt, haben wir nicht das Recht, sie zu unserem Weg zu zwingen.

Aus: Rede auf dem 4. Parteitag, 3. Tagung in Bielefeld

ÜBER SEIN ERSTES ZUSAMMENTREFFEN MIT MICHAIL GORBATSCHOW IM FEBRUAR 1990

Ich war reichlich nervös, als ich mich auf sein Arbeitszimmer zubewegte. Endlich kam ich in einen Raum mit lauter Journalisten, da stand auch Gorbatschow, der Mann, den man seit Jahren bewundert, aber der so weit weg war. Ohne dass wir uns irgendwie ein Zeichen gegeben hätten, war sofort gegenseitig klar: Einen Bruderkuss gibt es nicht. War das ein Signal der Abkühlung, der Verärgerung, der Distanz? Die Westpresse spekulierte kräftig über die Tatsache, dass es den Bruderkuss zwar mit Hans Modrow gegeben hatte, aber nicht mit mir. Allerdings: Am Ende des Gesprächs – ohne Presse – haben wir uns doch noch umarmt.

Gregor Gysi / Thomas Falkner „Sturm aufs Große Haus – Der Untergang der SED", Edition Fischerinsel Berlin, 1990

ÜBER GRIECHENLAND

Man muss natürlich wissen: Deutschland hat nicht einen Euro an Griechenland bezahlt, nicht einen Euro! Der IWF hat seine eigenen finanziellen Mittel, da müssen wir gar nichts mehr einbezahlen, und die Europäische Zentralbank druckt ihr Geld selbst. Wann wir haften, kann ich Ihnen auch sagen, weil meine Regierung gegen meinen Willen unterschrieben hat, dass wir für 27 Prozent der Schulden von Irland, Zypern, Spanien, Portugal und Griechenland haften, falls die nicht zurückzahlen. Das ist ja der Irrsinn: Wenn wir Griechenland pleite machen, dann haften wir für 27 Prozent der Schulden

Griechenlands. Na, das wird vielleicht ein teures Vergnügen! Deshalb sage ich immer: Ich verstehe es nicht, wir müssen doch selber ein Interesse daran haben, dass Griechenland aufgebaut wird, seine Schulden, zumindest zum größten Teil, selbst zurückbezahlen kann und wir mithin nicht mit 27 Prozent haften. Und wir machen die ganze Zeit die gegenteilige Politik und spielen das Land kaputt, entgegen den eigenen Erfahrungen – Marshallplan, eigene Finanzkrise –, entgegen internationalen Erfahrungen.

Interview „Deutschlandfunk", 16. 8. 2015

ÜBER SOZIALE GRUNDSICHERUNG

Schon die Verfassung vom 24. Juni 1793 der Großen Französischen Revolution hatte in ihrer Erklärung der Menschen- und Bürgerrechte folgenden Artikel: „Die öffentliche Unterstützung der Bedürftigen ist eine heilige Schuld. Die Gesellschaft übernimmt den Unterhalt der in Not geratenen Bürger, sei es, indem sie ihnen Arbeit gibt oder denjenigen, welche arbeitsunfähig sind, die Mittel für ihr Dasein sichert." Mit der Forderung nach einer sozialen Grundsicherung, unabhängig vom konkreten Nachweis der eigenen Vermögenslage und ohne Beanspruchung von Verwandten, sollte endlich diese heilige Schuld eingelöst werden. Das würde auch die soziale Existenzerhaltung von den Zwängen des Arbeitsmarktes abkoppeln. Erst dadurch wird eine freie Wahl des Arbeitsplatzes – frei also auch von dem Zwang, sich zu fast jedem Preis zu verkaufen – wirklich möglich. Dadurch erst wird die Macht der Werktätigen auf dem Arbeitsmarkt so erhöht, dass ihre Bedürfnisse, ihre Entwicklungsmöglichkeiten, das von ihnen für ihr Leben geforderte Zeitregime in viel höherem Maße die Arbeitswelt bestimmen können. Diese soziale Grundsicherung ist mit einer aktiven Strukturpolitik und der Verwandlung der Verwaltung von Arbeitslosigkeit in die wirkliche individuelle Hilfe bei der Schaffung und Findung von Arbeitsplätzen zu verbinden.

Aus: Rede auf der 2. Tagung des 2. Parteitages in Berlin, 21. 6. 1991

ÜBER DEN LAUF DES HASEN UND ÜBER KENNTNISSE

Kann schon sein, dass ich nicht weiß, wie der Hase läuft. Aber ich weiß wenigstens, wohin.

„Heißer Stuhl", RTL, 1991

Kann schon sein, dass sie mehr Ahnung haben als ich, aber hier geht es nicht um Ahnungen, sondern um Kenntnisse.

Ebenda

ÜBER HELDEN

Helden erobern in unserem Jahrhundert nicht mehr, sie demontieren Fehlentwicklungen und Fehlkonstruktionen. So gesehen, ist Gorbatschow ein Held. So gesehen, besteht in der Demontage der DDR auch eine Chance. Deshalb sollten wir nicht verzagen, sondern in Übereinstimmung mit unseren Idealen, greifbar und lebensnah für ein gerechteres Deutschland und eine bessere Welt streiten. Diese Kämpfe werden nicht leicht sein, aber wer sie mitführt, lebt mit sich selbst besser. Und gerade wir sollten darauf achten, dass wir nie wieder in Widerspruch zu unserem Spiegelbild geraten. Also in diesem Sinne, „lass uns dir zum Guten dienen ...".

„Adieu DDR – der Zukunft zugewandt", „Neues Deutschland", 3. 10. 1990

ÜBER SEINE DREI HERZINFARKTE

All diese Herzinfarkte sind in den Jahren passiert, in denen ich nicht aktiv in der Politik tätig war. Entsprechend habe ich für mich festgestellt, dass es gesünder ist, wenn ich mich politisch einbringe. In den Jahren, in denen ich Verantwortung im Parlament hatte – ob als Parteichef oder später Fraktionsvorsitzender – hat es mich nie umgehauen. Nach dem dritten Herzinfarkt hat mir der Arzt am Krankenbett erklärt: „Herr Gysi, ich kann Ihnen keine verbindliche Aussage machen. Entweder Sie überleben die nächsten 24 Stunden nicht oder Sie können noch 25 Jahre weiterleben." Darauf habe ich ihm geantwortet: „Herr Doktor, dann nehme ich das zweite."

Pestalozzi-Realschule Wattenscheid, 2014

ÜBER HOCHZEIT MIT KLAUS WOWEREIT

Ich erklärte Gerhard Schröder, dass Klaus Wowereit und ich ihm jede Show im Wahlkampf stehlen könnten. Er fragte verwundert nach, wie wir dies denn anstellen könnten. Ich erklärte ihm, dass wir nur die neuen gesetzlichen Bestimmungen zu nutzen brauchten. Schließlich könnten wir beide ja „heiraten" und anschließend in die Flitterwochen fahren. Ich garantierte ihm, dass wir ständige Medienbegleitung hätten und ihn von der Seite eins in der Boulevardpresse verdrängten. Am meisten amüsierte sich Klaus

Wowereit über diese Idee, aber auch Gerhard Schröder war sofort wieder lockerer. Harald Ringstorff muss das Ganze in seiner Fantasie durchgespielt haben, denn zu einem etwas späteren Zeitpunkt fing er immer wieder von neuem zu lachen an. Gern wüsste ich, was er sich dabei im Einzelnen vorgestellt hatte. Irgendetwas in Richtung Kirche, Blumenmädchen etc. wird es wohl gewesen sein. Übrigens wäre ein solcher Vorgang theoretisch tatsächlich denkbar, obwohl ich verheiratet bin. Denn in dem betreffenden Gesetz ist nicht geregelt, dass gleichgeschlechtliche Partnerinnen bzw. Partner unverheiratet sein müssen. Entweder ist dies einfach vergessen worden, oder aber man wollte dadurch den Eindruck einer Ähnlichkeit mit dem Rechtsinstitut der Ehe vermeiden. In der Praxis wird das aber kaum eine Rolle spielen.

Gregor Gysi: „Was nun? Über Deutschlands Zustand und meinen eigenen", Hoffmann und Campe Verlag, Hamburg 2003

ÜBER IMPERIALISMUSTHEORIE

Der Begriff des Imperialismus ist vor allem in marxistischen Diskussionszusammenhängen erörtert worden. Gegen Anfang des zwanzigsten Jahrhunderts haben marxistische Theoretiker den Versuch unternommen, die sich verstärkenden Tendenzen einer aggressiven Außenpolitik der führenden kapitalistischen Nationen vor dem Hintergrund tief greifender ökonomischer Veränderungen innerhalb der kapitalistischen Produktionsweise zu erklären.

Aus: „Die Haltung der deutschen Linken zum Staat Israel", in: rls Standpunkte 9/2008

Es lag daher durchaus in der Logik der marxistischen Revolutionstheorie, die ja zu einem guten Teil auf einer ökonomischen Krisentheorie basierte, die politische Form der Durchsetzung kapitalistischer Reproduktionsimperative, eben den Imperialismus, zu bekämpfen.

Der Antiimperialismus sollte die ökonomische Dauerkrise des Kapitalismus in eine politische

Krise transformieren und den Sozialismus auf die Tagesordnung setzen. Insofern ist der Antiimperialismus die damals aktuelle Form des Kampfes um den Sozialismus gewesen.

Ebenda

Die praktische Wirklichkeit der erfolgreichen „Nationalen Befreiungsbewegungen" belehrt häufig recht eindringlich, dass durch die ökonomische Entwicklung des Kapitalismus die innige Verklammerung von Antiimperialismus und Sozialismus aufgelöst worden ist.

Ebenda

Insbesondere junge Staaten, die gerade erst in den Genuss der politischen Unabhängigkeit kamen, wurden faktisch vor die Entscheidung gestellt, welcher Weltmacht sie ihre Zukunft anvertrauen sollten. Denn materielle Ressourcen zum Aufbau eigener staatlicher Institutionen gab es nicht für umsonst. In dieser Konstellation zeigen sich interessante Modifikationen im Begriff der Nationalen Befreiungsbewegung und des Antiimperialismus:

Aus sowjetischer Sicht war „Nationale Befreiungsbewegung" ein Gütesiegel. Nur diejenigen antikolonialen Bewegungen bekamen dieses Gütesiegel zugestanden, die ein Bündnis mit der Sowjetunion eingingen. Der Antiimperialismus (und „antiimperialistisch" sollen die „Nationalen Befreiungsbewegungen" ja auf jeden Fall sein) wird so des einstigen politökonomischen Kontextes enthoben und machtpolitisch auf die Ausrichtung innerhalb des Ost-West-Konflikts bezogen.

Gerade aufgrund des Zusammenspiels der Veränderungen in der ökonomischen Entwicklung des Kapitalismus einerseits und der Betonung der machtpolitischen Auseinandersetzung zwischen den Blöcken andererseits tritt im Begriff des Antiimperialismus die Komponente des Sozialismus allmählich hinter die machtpolitische Komponente – Kampf gegen die USA und ihre Verbündeten – zurück.

Heute, nach dem Zusammenbruch des Staatssozialismus, fehlt dem Begriff des Antiimperialismus die machttheoretische Komponente – nachdem der politökonomischen Ursprungskomponente vorher schon die sachliche Substanz entzogen wurde.

Ebenda

ÜBER TYPEN VON INTELLEKTUELLEN UND STEFAN HEYM

Es gibt unterschiedliche Typen von politischen Intellektuellen. Da ist zum einen der Parteiintellektuelle, dem es nicht ausschließlich um die politische Stellungnahme zu politischen Entwicklungen geht, sondern der dabei immer auch das Handeln seiner politischen Partei mit bedenkt, der zum Beispiel auch aus der Rolle als Politiker spricht. Kautsky, Lenin oder Gramsci stehen regelmäßig für diesen Typ.

Ein anderer Typus findet sein Vorbild beispielsweise in Heinrich Heine. Nicht weniger politisch, lehnt er jedoch die zu enge Verbindung mit einer bestimmten Gruppierung ab. Heines Auseinandersetzung mit Börne zeugt davon. Dieser Typ des Intellektuellen handelt sich mit allen Seiten Ärger ein, aber hat einen außerordentlichen Vorteil: Er tendiert nicht so schnell zum Opportunismus.

Gerade in den staatssozialistischen Ländern bedurfte es des politischen Intellektuellen, der sich von der herrschenden Linie nicht beeindrucken ließ, der aber auch von anderen nicht vereinnahmt werden wollte. Diese Intellektuellen waren Garant dafür, dass nicht Geistlosigkeit das öffentliche Leben beherrschte. Das hat den kritischen Sozialisten Stefan Heym für viele, auch für mich, so wichtig gemacht.

Auch nach der Wende blieb Heym Sozialist. Ich erinnere mich noch an den Aufruf „Für unser Land", den er zusammen mit der jüngst verstorbenen Christa Wolf verfasste. Er wurde 1994 von meiner damaligen Partei, der PDS, als Kandidat für den Wahlkampf um ein Bundestagsdirektmandat nominiert. Stefan Heym konnte den Wahlkreis für sich gewinnen.

Wäre Stefan Heym, der als Offizier der US-Truppen aktiv an der Befreiung Deutschlands teilnahm, nicht in Bundestag gewählt worden, wäre ein anderer Alterspräsident geworden: Alfred Dregger, der in den letzten Kriegswochen immer noch an den „Endsieg" glaubte. Als Alterspräsident eröffnete Stefan Heym den 13. Deutschen Bundestag. Einige Reaktionen waren beschämend und gehässig. Bis dahin war es üblich, dem Alterspräsidenten Respekt zu zollen, den Stefan Heym besonders verdient hätte. Er wurde ihm aber von der CDU/CSU-Fraktion verweigert. Heym war sein ganzes Leben hindurch widerständig. Dem widerstand er auch.

„Spiegel-Online" 16. 10. 2011, zum 10. Todestag von Stefan Heym

ÜBER EINE REISE NACH ISRAEL

Ich war ein bisschen aufgeregt, als ich das erste Mal nach Israel fuhr, aufgeregter als bei Reisen in andere Länder. Einerseits war es mir besonders fremd, ich war noch nie in der Region, andererseits hat es mich besonders interessiert. Ich muss sagen, diese Reise hat mich enorm fasziniert, und es ist schon etwas, dass ich da mit André Brie war, dem stellvertretenden PDS-Vorsitzenden, der große Teile seiner Familie in Auschwitz verloren hat ... Ich habe z. B. meine Urgroßmutter gefunden, er hat seine Angehörigen gefunden, die standen alle drin. Eine israelische Zeitung registrierte, dass es immerhin die ersten beiden deutschen Politiker waren, die in Yad-Vashem in dem Buch Angehörige gefunden haben. Das ist vielleicht auch kein völliger Zufall, da kann man ja über die PDS denken, was man will, aber an der Spitze stehen wenigstens Leute, bei denen die antifaschistische Herkunft ihrer Familien völlig eindeutig ist.

„Der dumme Fuß will mich nach Deutschland tragen" von Nea Weissberg-Bob

ÜBER DIE BEDEUTUNG DER JUSTIZ

Aus der Bedeutung der Justiz für die Monopolbourgeoisie erklärt sich, dass sie den Mangel an demokratischen Einflussmöglichkeiten in der Justiz organisiert und sichert.

Doktorarbeit Gregor Gysi: „Zur Vervollkommnung des sozialistischen Rechts im Rechtsverwirklichungsprozess", verteidigt im Januar 1976

ÜBER KANDIDATUREN

Selbstverständlich habe ich mir auch überlegt, ob mein Schritt in der gegenwärtigen politischen Situation in der Bundesrepublik Deutschland nicht ein gefährliches Moment der Instabilität für eine linke Partei enthält, die gerade ich nicht zulassen dürfte. [...] Aber ich bin davon überzeugt, dass wir dann, wenn wir mit meinem Schritt richtig umgehen, sogar an Stabilität gewinnen können. Und es wäre auch verheerend, wenn ich meine eigene Person so überschätzen würde [...] Ich glaube sogar, dass mein Schritt dazu beitragen kann, dass sich Genossinnen und Genossen, die sich bisher darauf verlassen haben, dass ich irgendwelche Probleme schon lösen werde, aufgerufen fühlen, aktiver und engagierter um die Politikfähigkeit der PDS zu ringen. [...] Ich kann und will nicht behaupten, dass mir die Entscheidung leicht gefallen ist. Es tut mir auch weh, denn ich habe zu den meisten Mitgliedern dieser Partei ein sehr herzliches und solidarisches Gefühl entwickelt. Aber es bringt such nichts im Leben, notwendige Schritte immer wieder hinauszuzögern, nur, weil sie einem schwerfallen. Und ich bin ja nicht aus der Welt und werde auch weiterhin engagiert und so öffentlichkeitswirksam wie möglich für linke Positionen in Deutschland streiten. Wir kämpfen um mehr Menschlichkeit in der Gesellschaft und sollten in Zukunft diesbezüglich dadurch glaubwürdiger werden, dass wir menschlicher miteinander umgehen.

Gregor Gysi in einem Brief an die Mitglieder des Bundesvorstandes und des Bundesparteirates der PDS, 30. 11. 1992

ÜBER DEN KAPITALISMUS

Der Kapitalismus als soziales System ist im Prozess der von Marx so genannten ursprünglichen Akkumulation von Kapital entstanden. Die Produzenten wurden gewaltsam von ihren traditionellen Produktionsbedingungen getrennt. Diejenigen, die über die Produktionsmittel verfugen, die Kapitalbesitzer, unterscheiden sich von denjenigen, die über kein Eigentum verfügen, aus dem ihnen Rechte auf eine Aneignung erwachsen könnten. Kurz – das durch Arbeit im Stoffwechsel mit der Natur Produzierte wurde in privates Eigentum verwandelt. Damit verbunden war eine Inwertsetzung der Natur, die bereits im 15. Jahrhundert in der europäischen Landwirtschaft begann. Die Agrarrevolution erfolgte vor der industriellen Revolution. Sie war die Voraussetzung dafür, dass auf den enteigneten und privatisierten landwirtschaftlichen Flächen die landwirtschaftlichen Erträge beträchtlich gesteigert werden konnten. Die Erhöhung der Produktivität in der Landwirtschaft schuf erst die Voraussetzungen dafür, dass die dort „freigesetzte“ Landbevölkerung als Arbeitskräfte in den Manufakturen ihre Arbeitskraft verkaufen und gleichzeitig ihre Ernährung wenigstens halbwegs sichergestellt werden konnte.

Kapitalverwertung war jedoch nur möglich, wenn die eigentumslosen Arbeitskräfte einen Überschuss produzieren, der von den Eigentümern privat angeeignet werden konnte, was eine bestimmte Produktivität voraussetzte. Das Produkt muss also größer sein als das, was zur Reproduktion der Arbeitskräfte und ihrer Familienangehörigen erforderlich ist. Das ließ sich als die, in Anlehnung an die Marx'sche Terminologie, absolute Mehrwertproduktion bezeichnen. Sie besteht schlicht darin, dass der Arbeitstag entsprechend verlängert wird.

Die absolute Mehrwertproduktion gibt es selbstverständlich auch heute, trotz aller ungeheuren Produktivitätsfortschritte. Nicht nur in den Ländern der so genannten Dritten Welt, sondern auch bei uns. Die Zahl der in Deutschland geleisteten Überstunden erreicht

Rekordwerte, und die Arbeitgeberverbände fordern eine Revision der Arbeitszeitgesetzgebung mit dem Ziel der Verlängerung der Arbeitszeiten.

Eine neue Qualität erreichte der Kapitalismus jedoch erst mit der Produktion des relativen Mehrwerts oder der reellen Subsumtion der Arbeit unter das Kapital. Um einen höheren Mehrwert zu erzielen, stand nicht mehr die Verlängerung der Arbeitszeiten im Vordergrund, sondern die Intensivierung der Arbeit selbst, mit Hilfe der Modernisierung und Umwälzung der Produktionsprozesse, die von Marx und Engels im „Kommunistischen Manifest" so gepriesen wurde.

„Die Produktion des relativen Mehrwerts revolutioniert durch und durch die technischen Prozesse der Arbeit und die gesellschaftlichen Gruppierungen", so Marx im „Kapital". Erst auf dieser Grundlage entfaltete sich der moderne Kapitalismus, getrieben von den Zielen möglichst hoher Renditen, die das Wachstum und die Produktion bestimmen und angetrieben von den fossilen Energieträgern wie Öl, Kohle und Erdgas, die die anderen Energieformen wie Wind, Wasser, Holz verdrängten. Auf dieser Basis entwickelte der Kapitalismus eine in der Geschichte der Menschheit einzigartige Dynamik.

Aus: „Ende der Geschichte? Über die Chancen eines modernen Sozialismus.", Rede an der Universität Marburg, 24. 1. 2007

Die Herausbildung eines umfassenden Weltmarktes ergibt sich aus der Logik des kapitalistischen Verwertungsprozesses, die Dimensionen von Raum und Zeit optimal zu verdichten. Der Begriff der Globalisierung hat sich erst nach dem Zusammenbruch des Staatssozialismus durchgesetzt. Die Globalisierung spielt sich in zwei Dimensionen ab. Erstens in dem Bestreben, alle bestehenden territorialen Grenzen einzureißen. Und zweitens in einer immensen Beschleunigung aller ökonomischen Prozesse, angefangen bei der Produktion, dann der Konsumtion, der Kommunikation dank des relativ neuen Mediums des Internet, des Transports und überhaupt des Verkehrs. Das Sprichwort „Zeit ist Geld“ könnte man als Leitgedanken für diese Entwicklung bezeichnen.

Für die Globalisierung tragen die politischen Entscheidungsträger in den Industrieländern eine große Mitverantwortung. Sie unterwarfen sich den Interessen der Global Players. Den knallharten ökonomischen Gesetzen des Marktes folgend, wurden Zölle abgebaut, globale Standards bei Industrienormen, globale Standards bei der Bewertung von privaten und staatlichen Schuldnern festgelegt, die die nationalstaatlich gesetzten Rahmenbedingungen sprengten.

Die Marktkräfte wurden so schrittweise aus ihrer Gefangenschaft der natürlichen Umweltbedingungen und der sozialen Beziehungen in den Gesellschaften freigesetzt und somit schrittweise auch aus den politischen Bindungen und Verpflichtungen. Die Stichworte hierzu lauten Deregulierung, Liberalisierung und Privatisierung. Damit wurde der keynesianische Interventionsstaat entweder zerstört oder ziemlich durchlöchert. Das war nicht der Markt, sondern, wie gesagt, das waren politische Akteure, die den gnadenlosen Gesetzen des Marktes folgten und den Bürgerinnen und Bürgern mehr Wohlstand und Wachstum versprachen, in Wirklichkeit jedoch eine gigantische Umverteilung des gesellschaftlichen Reichtums von unten nach oben in Gang setzten, die sich letztlich gesellschaftszerstörerisch auswirkt.

Ebenda

Die noch von Marx beschriebene Bildung einer durchschnittlichen Profitrate auf nationalen Märkten ist heute kein Maßstab mehr. Profitraten orientieren sich nach international zu erzielenden Renditen, die kurzfristig zu erzielen sind. Aber die Logiken auf diesen Märkten setzen die realwirtschaftliche Ökonomie gehörig unter Druck.

Renditen von über 20 Prozent überfordern die reale Ökonomie bei weitem und sind nur kurzfristig erreichbar. Beim Wettbewerb auf den internationalen Finanzmärkten geht ein Druck auf die Erhöhung der Zinsen aus, während das Kapital bei realen wirtschaftlichen Investitionen „billig“ sein muss, das heißt dort sind niedrige Zinsen attraktiver.

Die Finanzmärkte agieren teilweise zerstörerisch und entziehen ihren hohen Renditen letzten Endes die Basis. Auf der Jagd nach immer höheren Renditen werden die Hedge-Fonds, bei uns auch „Heuschrecken“ genannt, aber auch die Pensionsfonds vor allem aus den USA und Großbritannien immer aggressiver.

Ebenda

Die Dominanz der Finanzmärkte übt Druck auf das Realkapital aus, das sich zu rasanten Rationalisierungen genötigt sieht. Insbesondere die Freisetzung von Arbeitskraft und die diversen Lohnsenkungsstrategien schwächen aber die Binnennachfrage, die zu einer verstärkten Weltmarktorientierung und einem weiteren

Abwandern des Kapitals aus der produktiven Sphäre in die Finanzmärkte führt.

Ebenda

ÜBER VOLKER KAUDER

Stimmt es, dass sie eine Leidenschaft für rote Lederjacken haben?

„Gysi trifft Kauder", Matinee im Deutschen Theater, 15. 4. 2012

ÜBER DIE KIRCHE

Die Kirche als Institution hat ja das christliche Ideal mehrfach beachtlich mit Füßen getreten. Dennoch ist weder das Ideal untergegangen noch die Kirche. Das heißt, sie hat als Institution oft versagt, sich gespalten, aber letztlich auch immer wieder erneuert.

Aus einem Gespräch zwischen Gregor Gysi und Heiner Müller am 5. 6. 1992 im Alexander Verlag, Berlin

ÜBER DIE KLASSEN

Wie uns die Lektüre des *Kommunistischen Manifests* belehrt, kennt Marx zwei soziale Klassen, denen er offenbar unterschiedliche Typen revolutionärer Praxis zuspricht. Die eine revolutionäre Klasse verändert auf revolutionäre Weise die materiellen Bedingungen der Produktion. Sie tut dies in Permanenz. Die immerwährende Produktivkräfterevolution ist die Existenzbedingung der Kapitalistenklasse bis heute. Marx selbst hat sich übrigens sehr verschätzt, was die Erschöpfung der revolutionären Energien der Bourgeoisie angeht. Da war und ist immer noch etwas drin, trotz des schwer zu leugnenden Bedeutungsgewinns, den „faule", nichtproduktive Formen der Gewinnmacherei, wie die Blüten des Finanzkapitalismus, aufweisen. Dann sieht Marx noch eine andere Klasse auf den Plan treten: die Klasse der doppelt freien Lohnarbeiter, die ihre Existenzbedingungen nur dadurch ändern können, dass sie die kapitalistische Grundlage, das Privateigentum an Produktionsmitteln, aufheben. Die eine Klasse ist revolutionär, um zu bleiben, die andere muss revolutionär werden, um sich zu ändern.

Aber was heißt das für die Arbeiterklasse, „sich“ zu ändern? Marx hat da einen Aspekt vor Augen, der allerdings auch der zentrale ist. Er zielt auf die Existenzweise der vom Kapital und seinen Bewegungen abhängigen Klasse. Sie vergrößert oder verkleinert sich je nach Verwertungsbedarf des Kapitals, ihre Lebens- und Arbeitsweise hängt von den Entscheidungen der Kapitaleigentümerinnen und -eigentümer und ihrer Verwaltungstruppe, den „Top-Managern“, ab. Nur wenn die Arbeiterklasse ihre eigene Existenzweise ändern will, wird sie zu einer revolutionären Klasse.

Damit sie das überhaupt kann, als Klasse etwas zu wollen, muss sie von der „Klasse an sich“ zur „Klasse für sich“ voranschreiten. Das bedeutet: Ausbildung von Solidaritäten und Klassenorganisationen, die über bloß lokale oder branchenmäßige Horizonte hinausgreifen. Idealerweise müssten die organisierten Arbeiterinnen und Arbeiter ein Bild von ihrer Lage gewinnen, das dem von Marx entworfenen gleicht. Die Theorie wäre dann das Selbstbewusstsein einer agierenden Klasse, ihre Praxis wäre eben eine revolutionäre Praxis.

Aus: „Der Politiker und die Revolutionärin.", in: Peter Raue, Irene Bazinger, „Wir Berliner", Quadriga Verlag 2014

ÜBER ANJA KOHL

Neben mir saß einmal Anja Kohl, die Dame von der Börsenredaktion des Hessischen Rundfunks, die sich vor der *Tagesschau* aus Frankfurt am Main vom „Parkett" meldet. Wenn ich Bundeskanzler wäre, sagte sie, und zu mir käme der Vorstand der Deutschen Bank und erklärte, ich müsse seine Bank retten, weil sie anderenfalls krachen ginge, dann würde auch ich sie gewiss retten. Ich antwortete ihr, dass es mir an Fantasie mangele, mir vorzustellen, dass ich Bundeskanzler wäre, aber mal angenommen, es wäre so: Wahrscheinlich hätte sie recht – ich würde die Deutsche Bank retten müssen, weil sonst das Finanzsystem zusammenbräche. Aber, setzte ich nach, wenn es sich so verhielte, dann habe sie doch damit nur deutlich gemacht, dass der Bundeskanzler in dieser Frage offenkundig überhaupt keinen Spielraum hat. Er müsse also auf diese Weise im Interesse der Bank reagieren. Das beweise doch, dass die großen Banken erstens zu groß sind und zweitens öffentlich-rechtlich gestaltet werden müssen. Wie die Sparkassen etwa.

Gregor Gysi: „Wie weiter? Nachdenken über Deutschland“, Das Neue Berlin, 2013

ÜBER HELMUT KOHL

Man kann nicht sagen, dass das eine Beziehung ist. Es gab nie einen politischen Meinungsaustausch zwischen uns, und es gab auch nie ein längeres Gespräch zwischen uns. In drei, vier Situationen gab es einen kurzen Wortwechsel, und da hat er sich dann relativ normal verhalten. Er macht da übrigens auch schon mal Scherze auf meine Kosten, zumindest wenn er gut gelaunt ist. Einmal hat er mir gesagt: Wenn ich katholisch wäre, dürfte ich meine Beichte gar nicht bei einem normalen Priester ablegen, sondern müsste, aufgrund der Schwere meiner Sünden, dann schon zum Prälaten. Der wäre der einzige, der für mich zuständig sein könnte. Das kam zustande, als ich in einem kleinen Dorf in Sachsen-Anhalt war, wo auch der Kanzler sich zwei Tage vorher ins Gästebuch eingetragen hatte, weil er da wohl hervorragend gespeist hatte. Ich wollte ihm nun unbedingt sagen, dass dieses Dorf einen PDS-Bürgermeister hat, der mit über 70 Prozent der Stimmen gewählt worden war, und dass ich deshalb erwarte, in CDU-Dörfern ähnlich tolerant behandelt zu werden wie er in diesem PDS-Dorf. Da konterte er aber, dass ich nicht vergessen soll, dass bei der Europawahl zwei Drittel des Dorfes CDU gewählt haben. Ob das wirklich stimmt, weiß ich bis heute nicht. Aber andererseits ist er auch sehr übelnehmerisch. Wenn ich im Bundestag spreche, merke ich oft, wie er richtig wütend wird und wie ihm die Gesichtszüge regelrecht entgleisen. Dann ist er auch sehr nachtragend und es hätte überhaupt keinen Sinn, selbst mit einem kurzen sachlichen Problem an ihn heranzutreten, weil er sich so sehr ärgert. Aber seit der letzten Wahl sind wir ja alle sehr ablehnend geworden. Die sind eben wirklich davon ausgegangen, dass wir nicht wieder in den Bundestag reinkommen. Seit dem 16. Oktober 1995 hat es dann auch solche Bemerkungen des Kanzlers mir gegenüber nie wieder gegeben, das Klima hat sich seitdem irrsinnig verschärft.

Gregor Gysi: „Freche Sprüche", Schwarzkopf & Schwarzkopf Verlag GmbH Berlin, 1995

ÜBER KOMMUNISMUS

Unter Kommunismus kann man Verschiedenes verstehen. Stalin, Mao und die Mauer etwa. Oder das, was Marx meinte: eine Gesellschaft ohne Klassenunterschiede, in der Eigentum sozial gerecht verteilt ist und alle weniger arbeiten müssen, die Vision einer in jeder Hinsicht gerechten menschlichen Gesellschaft. Das Problem ist: Ich kann nicht voraussetzen, dass die Leute den Begriff in letzterem Sinne verstehen. Und weil ich das weder voraussetzen noch organisieren kann, darf ich ihn nicht verwenden. Seit 1989 sage ich: Wir können mit dem Begriff Kommunismus unsere Ziele nicht erklären.

Interview „Tagesspiegel", 7. 1. 2011

Wenn ich mich zum Kommunismus äußere, muss ich mich auch zu dessen Geschichte äußern – und damit auch zu Verbrechen in seinem Namen.

Ebenda

ÜBER KOMMUNISTISCHE SCHLAMMSÄUE

Der bayerische Staatssekretär Hans Spitzner nannte mich am 11. April 1994 schließlich sogar eine alte kommunistische Schlammsau. Ich drohte an, gegen die Charakterisierung als „alt" zu klagen, aber zum Scherzen war mir eigentlich nicht zumute. Zu sehr klang durch die kommunistische Schlammsau, und ich glaube, alles andere als zufällig, die kommunistische Judensau durch.

Gregor Gysi: „Das war's noch lange nicht", Autobiographische Notizen, ECON Verlag GmbH Düsseldorf, 1995

ÜBER KRIEG UND FRIEDEN

Die NATO reklamiert ... für sich Zuständigkeiten überall auf der Welt – ob mit oder ohne UN-Mandat. „Verantwortlich" im Sinne der herrschenden Ideologie bedeutet: sei hier unkritisch, mach einfach mit.

Aus: „DIE LINKE und linke Politik in Deutschland", Vortrag im Institut für Marxismus an der Peking Universität, 25. 4. 2014

Mit dem Ende des Kalten Krieges, der weltweiten Konfrontation zweier gegensätzlichen Gesellschaftssysteme, schien vor einem Vierteljahrhundert für einen Augenblick eine andere Welt möglich: die Ersetzung der großen Militärbündnisse durch ein gemeinsames System der kollektiven Sicherheit. [...]

Aber dieser Augenblick zur Veränderung der Welt wurde vertan. Der Krieg ist nach Europa zurückgekehrt, zuerst im einstigen Jugoslawien, zuletzt in der Ukraine.

Aus: „Wege zum Frieden", „Clara", Ausgabe 33

Inner- und zwischenstaatlich sind widersprüchliche Interessen eine Normalität. Innerstaatliches Recht hebt die gesellschaftlichen Konflikte zwischen Interessenträgern nicht auf, es regelt lediglich die Formen der Konfliktaustragung. Stabilisiert wird eine Rechtsordnung durch das Gewaltmonopol des Staats. Das zwischenstaatliche beziehungsweise internationale Recht ist insofern ein Analogon zum innerstaatlichen Recht, als es Interessenkonflikte zwischen Staaten in eine nicht kriegerische Austragungsform transformieren soll. Allerdings existiert kein echtes Gewaltmonopol. Dass wir trotzdem von einem Gewaltmonopol der UNO sprechen, liegt daran, dass der UN-Sicherheitsrat unter Umständen Staaten beauftragen kann, bei Konflikten, die Gefahren für den Weltfrieden darstellen, Gewaltmittel einzusetzen.

Ebenda

Die Voraussetzung eines Bürgerkriegs ist die fortgesetzte Nichtlösung von Grundkonflikten. Man kann bereits längere Zeit vorher erkennen, dass sich Konfliktpotenzial aufstaut. Hier sind Interventionen – und zwar nicht militärische – dringend geboten. Ressourcenkonflikte wie beispielsweise bei der Verknappung von Trinkwasser oder landwirtschaftlich nutzbarer Flächen, aber auch bei der Verteilung von Bergbauerträgen unter traditionellen Landrechtsbedingungen bergen ein Konfliktpotenzial, das sich infolge der Umweltproblematik verschärft. Dafür überzeugende Konfliktbearbeitungsstrategien zu schaffen, scheint nicht im Interesse des

Westens zu liegen. Noch immer glaubt man, dass der Vorrang des militärischen Interventionspotenzials, gegebenenfalls die Kriegsführung durch vermeintliche Stellvertreter, der eigenen Sicherheit am besten dienen würde. Außerdem ist die Rüstungsindustrie an Kriegen interessiert. Es wird zu viel daran verdient.

Ebenda

Denn das ist immer das Grundproblem des Vorrangs des Militärischen: Es ist insofern nichtpolitisch, als es nicht auf Ausgleich, Arrangement, Aufbau setzt, sondern auf Sieg über einen Feind. Dann zieht man weiter und sucht den nächsten Feind, oft genug einen einstigen vermeintlichen Verbündeten.

Ebenda

ÜBER DAS ERREICHEN VON LEUTEN

Wir sind doch nicht für uns da. Wir sind für Leute da, und wenn wir für sie etwas erreichen können, haben wir auch gar nicht das Recht darauf zu verzichten, das zu erreichen.

Erstes ZDF-Sommerinterview mit Thomas Walde, Buckow 1999

ÜBER DEN LIBERALISMUS

Ich bin keineswegs dafür, liberale Werte wie Freiheit und Rechtsgleichheit zu unterschätzen. Allerdings sollte man sie auch nicht überschätzen. Ich möchte Ihnen eine Passage aus der „Unabhängigkeitserklärung" der Vereinigten Staaten von Amerika zitieren, nämlich „dass alle Menschen gleich geboren; dass sie von ihrem Schöpfer mit gewissen unveräußerlichen Rechten begabt sind; dass zu diesem Leben Freiheit und das Streben nach Glückseligkeit gehöre". Diese Überzeugung wird in der „Erklärung" als

Evidenz, als keines weiteren Beweises bedürftig, ausgewiesen.

Thomas Jefferson gilt als der Autor dieser Erklärung. Ich stelle mir vor, wie er über den genauen Wortlaut des Textes nachgedacht haben mag, während auf seinen Feldern in Virginia Sklaven arbeiteten. Deshalb sollte man den Liberalismus eben nicht überschätzen. [...] Ebenso wenig ist der Liberalismus eine geeignete politische Ideologie, um das Herrschaftsverhältnis, das sich in der kapitalistischen Lohnarbeit und um sie herum ausformt, kritisch anzugreifen. [...]

Dennoch kann die Dominanz liberaler Ideologien dazu beitragen, dass Diskriminierungsstrukturen als systematische Verletzung der Gleichbehandlung sichtbar gemacht werden können. Das ist eine fortschrittliche Funktion des Liberalismus.

Aus: „Laudatio zur Verleihung des Blue Planet Award 2011" durch Ethecon, Stiftung für Ethik & Ökonomie, an Angela Davis

ÜBER ROTE LINIEN

Eine Partei merkt es, wenn der Stillstand beginnt. Dann werden die Mitglieder unruhig, und es entsteht ein Druck von unten. Deshalb wird der letzte Parteitag vor der Bundestagswahl beschließen, dass wir für eine Regierung zur Verfügung stehen. Da bin ich mir ziemlich sicher. Zusätzlich wird er aber überflüssige rote Linien für Koalitionsverhandlungen ziehen wollen, obwohl das Wahlprogramm reicht. Überflüssig deshalb, weil man seiner eigenen Verhandlungsdelegation trauen sollte.

„taz", 30. 5. 2015

ÜBER DIE PARTEI DIE LINKE

Vor drei Jahren haben wir uns gegründet – 2007 als LINKE Partei. Wir sind im Vereinigungsprozess. Ich höre gerne Sätze, und die geben immer viel Beifall, wenn man sagt, das spielt für mich – Ost und West – keine Rolle. Aber es spielt eben leider doch eine Rolle. Wir sind noch im Vereinigungsprozess. Wir müssen ihn gestalten. Wir müssen ihn bewusst gestalten. Ich bin sehr froh, dass wir zwei Parteibildungsbeauftragte haben, aber auch natürlich die gesamte Führung, die daran arbeiten muss, und zwar sehr konkret. Wir müssen sehen, es gibt einfach Unterschiede. Diese Unterschiede führen zu Schwierigkeiten im Umgang. Ich sage es nur stichwortartig: Wir sind im Osten eine Volkspartei, im Westen selbstverständlich nicht oder noch nicht. Im Westen sind wir eine Interessenpartei. Das zieht aber unterschiedliches politisches Agieren nach sich. Und jetzt möchte ich nicht, dass die einen mir immer erzählen, was die anderen alles falsch machen, und die anderen mir erzählen, was die einen alles falsch machen. Vielleicht hören wir mal einander zu, lernen voneinander und begreifen eines: Die neue LINKE, unsere Partei, kann nicht mehr die PDS sein und kann nicht mehr die WASG sein. Wir müssen etwas Neues sein wollen, indem wir uns alle verändern!

Aus: Rede auf dem Parteitag in Rostock, 2010

2007 haben wir uns vereinigt. Es war notgedrungen und politisch eher eine Vereinigung von oben. Aber sie wurde in beiden Parteien getragen. Sie wurde mitgestaltet, und wir haben programmatische Eckpunkte beschlossen.

Aus: Rede auf dem Erfurter Programmparteitag, 2011

Sind wir eine Ost-Partei, die irgendwie mit der DDR zusammenhängt? Sind wir eher eine traditionalistische Arbeiterpartei? Oder sind wir eine moderne, sozialistische Linkspartei, die sich mit Zukunftsthemen weltweit, in Europa und in unserem Land beschäftigt? Ich glaube, wir sind dabei, deutlich machen zu können, dass wir Letzteres sind, dann haben wir auch eine Zukunft. Sonst haben wir keine Zukunft.

Ebenda

Wer in der Politik berufstätig ist wie ich, kann ja zwei Stunden am Tag Zeitungen lesen, er kann Bücher lesen, er kann Artikel lesen, er kann wichtige Gespräche führen, er kann sich in das gesamte Vokabular hineinarbeiten, aber wenn ich jetzt alleinerziehender Vater mit zwei Kinder wäre und an einer Kasse säße und acht Stunden arbeitete, in die Kasse eintippte, mich dann um meine beiden Kinder kümmerte und dann vielleicht mal kurz die Tagesschau sehen könnte, und dann hörte ich Politikerinnen oder Politiker – auch von uns –, und ich verstehe gar nicht, was sie sagen, ich verstehe auch nicht, was sie meinen, dann ist die halbe Minute verschenkt. Wir müssen übersetzen. Die Leute müssen wissen, was wir wollen.

Ebenda

Die Konservativen haben begriffen, viele Konservative, dass DIE LINKE Recht hat. Wenn das jetzt auch DIE LINKE noch begriffe, ja dann könnten wir eine in jeder Hinsicht vernünftige Politik machen.

Ebenda

Im Übrigen bitte ich folgendes zu bedenken. Unsere Wählerinnen und Wähler erwarten von uns ein eigenständiges Bild, sie erwarten von uns klare, verständliche und nachvollziehbare politische Vorschläge. Sie wollen nicht, dass wir die Kopie einer anderen Partei sind. Aber viele Wählerinnen und Wähler wollen auch, dass wir für sie etwas erreichen, etwas gestalten, daran mitwirken. Sie wollen mehr soziale Gerechtigkeit bei Löhnen, bei der Rente und im Gesundheitswesen erleben. Sie wollen Chancengleichheit für Kinder in der Bildung. Und vieles andere mehr. Dazu muss man konkret und aktiv kommunalpolitisch, landespolitisch, bundespolitisch und europapolitisch wirken. Dazu muss man auch mit anderen zusammenarbeiten. Selbstverständlich. Man muss seine Eigenheit wahren, man muss seine Prinzipien schützen, aber auch kompromissfähig sein, um für die Menschen etwas zu erreichen. Jede und jeder, die und der Kompromisse schließt, begeht auch Fehler. Aus denen können wir alle lernen. Das aber ist etwas anderes als arrogante, distanzierte

Vorwürfe. Natürlich kann man Wählerinnen und Wähler verlieren, wenn man falsche, prinzipienlose Kompromisse schließt. Aber man verliert auch Wählerinnen und Wähler, wenn man erklärt, dass man sich auf die SPD nur dann einlässt, wenn sie unsere Beschlüsse umsetzt, und zwar möglichst vollständig. Die Wählerinnen und Wähler wissen, dass das irreal ist.

Aus: Rede auf dem Göttinger Parteitag, 2012

Heute bezeichnen die Politikwissenschaftler mit „linkssozialistisch" zunächst einmal eine Parteienfamilie. Dieser gehören beim genaueren Hinsehen allerdings recht unterschiedliche europäische Parteien an. Die gemeinsame Klammer besteht darin, dass sich diese Parteien dezidiert links von der Sozialdemokratie formiert haben, ohne deshalb zu dieser bündnisunfähig zu sein. Dass es einen Platz links neben den sozialdemokratischen Parteien trotz des Scheiterns staatssozialistischer Systeme des sowjetischen Typs gibt, hängt mit der Entwicklung des Kapitalismus nach dem Ende des Kalten Krieges zusammen.

Aus: „DIE LINKE und linke Politik in Deutschland“, Vortrag im Institut für Marxismus an der Peking Universität, 25. 4. 2014

Wenn man derartige Parteien, bei allen nationalen und bei allen mit ihrer Entstehungsgeschichte verbundenen Besonderheiten, auf einen Begriff bringen will, dann käme folgende Charakterisierung heraus: sie alle sind Parteien, die sich positiv zur parlamentarischen Demokratie verhalten, diese aber über ihre kapitalistischen Schranken hinaus erweitern wollen; außerdem verfolgen all diese Parteien als Ziel die Überwindung des Kapitalismus, eine ökologische Produktionsweise und eine emanzipierte sozialistische Gesellschaft. Es gibt keine Versöhnung mit dem Kapitalismus.

Ebenda

Nun klingt aus diesen Charakterisierungen der linkssozialistischen Parteien aber nicht nur eine klare Differenzmarkierung zur Sozialdemokratie an, sondern auch zum Kommunismus sowjetischer Prägung. Diese Doppeldifferenz hat schon in der Zeit nach dem Ersten Weltkrieg linkssozialistische Parteien ausgezeichnet. In Deutschland wären da die Unabhängige Sozialdemokratische Partei Deutschlands (USPD) und die SAP zu nennen (der später sehr wichtige SPD-Politiker Willy Brandt kam aus dieser Partei). In Österreich gab es innerhalb der Sozialdemokratie die einflussreiche Strömung des Austromarxismus, die sich auch als „linkssozialistisch“ charakterisieren ließe. Dabei handelt es sich aber nicht um wohlfeilen Antikommunismus. Linkssozialistinnen und Linkssozialisten haben einfach nur zur Kenntnis genommen, dass der sowjetische Versuch, eine sozialistische Gesellschaft aufzubauen, gescheitert ist. Sozialistische Politik muss eben neu gedacht und gemacht werden.

Ebenda

Vielleicht auch von Interesse – wenn schon die programmatische Klammer angesprochen wird – ist die Frage: Wie viel Marxismus gibt es noch in dieser Partei? Eine Folge des Zusammenbruchs des Staatssozialismus war auch, dass sich die PDS von einem dogmatischen Marxismus löste und ganz generell die Orientierung an *einer* Theorie aufgab. Wir verstehen uns als eine plurale Partei, in der alle, die sich als Sozialistinnen und Sozialisten verstehen, mitmachen können. Das schließt Marxistinnen und Marxisten nun ausdrücklich ein. Wichtiger aber ist, dass wir für die Analyse der modernen kapitalistischen Gesellschaft, ihrer Klassenverhältnisse und Krisen nach wie vor auf Marx und marxistische Theorien zurückgreifen müssen. Alles andere wäre eine intellektuelle Selbstentwaffnung.

Ebenda

ÜBER DIE ZUKUNFT DER LINKEN

Zur deutschen und europäischen Linken werden Sozialdemokraten, demokratische Sozialisten, ökologische Linke und demokratische Kommunisten gehören. Gemeinsam können sie viel bewegen, gegeneinander wenig.

Offener Brief des Vorsitzenden der PDS an die SPD in der DDR und der BRD vom 29. 5. 1990

ÜBER „LUXEMBURGISMUS" UND „TROTZKISMUS"

Der Parteikommunismus und seiner Theoretiker, die dieses Prädikat immer weniger verdienten, verdammten recht bald den „Luxemburgismus". Das wurde bald zu einem schlimmen Vorwurf. „Luxemburgismus" rangierte bald gleich hoch mit „Trotzkismus" und anderen „Verfehlungen".

Aus: „Der Politiker und die Revolutionärin.", in: Peter Raue, Irene Bazinger, „Wir Berliner", Quadriga Verlag 2014

ÜBER (MÄNNER)MODE

Eine Mitarbeiterin hat gesagt, ich soll keine Kurzarmhemden mehr tragen. Langarmhemden und dann die Ärmel hochkrempeln, das sei deutlich mehr sexy.

Beim Fotoshooting für das Männermagazin „GQ", August 2015

ÜBER EIN HÖRBUCH ZUM BRIEFWECHSEL VON MARX UND ENGELS, DAS GYSI MIT HARRY ROWOHLT PRODUZIERTE

Ich habe die Briefe, muss ich ehrlicherweise sagen, erst am Abend vorher gelesen – da wurde mir ganz übel, was die sich so privat alles geschrieben haben, Marx und Engels. Schweinkram – alles kam drin vor – auch sehr Intimes. Und ich finde, Rowohlt hat das fantastisch gemacht. Er hat den Karl Marx mit seiner Stimme so dargestellt, dass man merkte, wie begeistert er war. Marx und Engels gelten ja als Begründer von vielen Theorien – und plötzlich wurden sie zu Menschen. Einfach zu Menschen, die Geldsorgen hatten, die über andere Leute herzogen und lästerten und vieles andere mehr.

Interview mit „NDR-Kultur", 16. 6. 2015

ÜBER MASSVOLLES TRINKEN

... wenn ihr abends zusammen Bier oder Wein trinkt, wacht ihr morgens anders auf. Das ist das Entscheidende, was wir hinbekommen müssen.

Aus: Rede auf dem Parteitag in Rostock, 2010

ÜBER DEN MAUERFALL

Da ich eine schwierige Strafverhandlung vor dem Stadtgericht Berlin am nächsten Morgen hatte, schlief ich bereits, als mich meine Lebensgefährtin anrief, um mir zu erklären, dass die Mauer offen sei. Ich teilte ihr mit, dass ich um die Uhrzeit für Scherze nicht aufgelegt sei.

Sie blieb dabei. Daraufhin schaltete ich den Fernseher ein (noch mit Knopf-, nicht mit Fernbedienung) und stellte fest, dass sie Recht hatte. Sie wollte mich bewegen, sofort aufzustehen, um mit ihr nach Westberlin zu fahren, wozu ich aber aus mehreren Gründen keine Lust hatte. Erstens war ich vorher schon in Westberlin gewesen, zweitens laufe ich nicht gerne in Massen, drittens sagte ich ihr, dass das der Anfang vom Ende der DDR sei, worüber ich erst nachdenken müsse. Meine Lebensgefährtin erwiderte, dass dies Unsinn sei, die Leute gingen dort nur einen Kaffee trinken, kämen wieder und damit wäre das Problem erledigt.

Viertens kenne ich deutsche Gerichte und wusste deshalb, dass die Verhandlung am nächsten Tag pünktlich stattfinden wird, egal was in der Nacht zuvor geschehen war. Eine Stunde später rief sie mich erneut an und versuchte mich wiederum zu bewegen, mit ihr zusammen nach Westberlin zu fahren, was ich aber nicht tat. Mein Gefühl war ein Doppeltes: Einerseits wusste ich, es ist ein großer Akt der Befreiung, andererseits kam ich mit dem Ende der DDR noch nicht klar und letztlich war es mir zu willkürlich. Wenn man ohne Gesetz eine Mauer öffnen kann, kann man sie ohne Gesetz auch wieder schließen. Das dachte ich eben wie ein Jurist.

Am nächsten Tag fand die Verhandlung genauso statt, wie ich es befürchtet hatte. Einen Monat später sprach ich auf dem außerordentlichen Parteitag meiner Partei und erklärte, wie man die DDR grundlegend reformieren müsste. Anschließend sagte meine Lebensgefährtin zu mir, dass sie meine Rede erstaune, denn ich hätte ihr doch schon am 9. November gesagt, dass dies der Anfang vom Ende der DDR sei. Wieso meine ich, dass noch all diese Reformen in der DDR durchgeführt werden könnten? Recht hatte sie.

„Kölner Stadt-Anzeiger", 6. 11. 2009

ÜBER ANGELA MERKEL

Frau Merkel, Sie tragen in diesen Tagen eine gewaltige historische Verantwortung. Finden Sie in letzter Sekunde noch eine Lösung! Sie haben die Chance, entweder als Retterin oder als Zerstörerin der europäischen Idee in die Geschichte einzugehen.

Aus: Rede im Bundestag vom 2. 7. 2015

ÜBER HANS MODROW

Hans Modrow ist für mich Geschichte unseres Landes. Und er ist jemand, der den Beweis dafür angetreten hat, dass man auch so komplizierte Funktionen wie die eines SED-Bezirkschefs durchaus mit Anstand ausüben und dabei bescheiden bleiben konnte – wenn man den Mut dazu hatte! Damit sagt er viel über dieses Land DDR und viel über seine Bürger. Er sagt eben auch: Man kann mit seiner Biografie leben, man muss sich nicht schämen, hier gelebt und Verantwortung getragen zu haben.

Gregor Gysi / Thomas Falkner „Sturm aufs Große Haus – Der Untergang der SED", Edition Fischerinsel Berlin, 1990

ÜBER DIE NACHFOLGEPARTEI

Sie werfen uns doch immer vor, wir seien doch nur die illegitime Nachfolgepartei der SED. Dann möchte ich ihnen eins sagen: Wenn in diesem Hohen Haus jemand etwas von „Staatssicherheit" versteht, dann wir!

Aus der öffentlichen Aussprache über den sogenannten „Großen Lauschangriff" in der 14. Legislaturperiode des Deutschen Bundestages, 2000

ÜBER DIE NATIONALE VOLKSARMEE

Wenn wir schon über die NVA sprechen – über die ich viel Kritisches sagen könnte –, muss ich Ihnen eines vorhalten: Es ist eine historische Leistung, dass eine Armee, die für einen Staat da ist, bei der Auflösung dieses Staates genau nicht zur Waffe greift, und dass es auch keinen solchen Befehl gab, sondern dass sie sich friedlich auflöst und mit dem Staat zusammen untergeht. Das hat es in der Geschichte noch nie gegeben.

Aus: Rede im Deutschen Bundestag am 27. 10. 1995

ÜBER NEUGIER

Es sind viele neue Herausforderungen, so dass ich weiß, dass mein Leben nicht an Spannung verlieren wird. Ich kann neugierig bleiben auf den Fortgang dieses Lebens und auf mich selbst. Ich bin davon überzeugt, dass ein Mensch, der auf sich selbst nicht mehr neugierig ist, anfängt, in sich abzusterben. Davon kann bei mir keine Rede sein.

Gregor Gysi: „Was nun? Über Deutschlands Zustand und meinen eigenen", Hoffmann und Campe Verlag, Hamburg 2003

ÜBER DIE NOVEMBERREVOLUTION

Der November 1989 wird ein wichtiges nationales und internationales Ereignis bleiben. Er zeigte, dass mit friedlichen Mitteln – einfach durch den Willen einer Vielzahl von Menschen – gesellschaftliche Verhältnisse wesentlich verändert werden können. Möglicherweise kam der November 1989 zu spät, um die ursprünglich angestrebten Ziele noch durchsetzen zu können. Wie häufig in der Geschichte, so ist auch heute festzustellen, dass die Ergebnisse der Revolution weit von dem eigentlichen Anliegen abweichen. Das Wichtigste, was zurückbleiben wird, ist die Erkenntnis vieler Menschen, dass sie zusammen, mit Mut und bei öffentlicher Bekundung in der Lage sind, Herrschaftsstrukturen zugunsten der Menschen zu verändern.

Gregor Gysi für die Fraktion der PDS in der Volkskammer der DDR, Debatte über die Entsendung von Abgeordneten in den 11. Deutschen Bundestag, 28. 9. 1990

ÜBER BARACK OBAMA UND VLADIMIR PUTIN

Obama habe ich schon einmal die Hand gegeben, Putin noch nicht. Schon deshalb war ich dem einen mal näher als dem anderen. Aber im Ernst, ich habe zu beiden ein kritisches Verhältnis. Ich äußere klar meine Kritik an Putin. Die Sanktionen waren dennoch falsch. Wir brauchen Russland. Es ist das größte und militärisch stärkste Land Europas. Wir kriegen Frieden nur mit Russland, ganz egal wie der Präsident heißt.

Interview „Der Tagesspiegel", 29. 5. 2015

ÜBER DIE OKTOBERREVOLUTION

Ich war mir seit längerem sicher, dass mit der russischen Oktoberrevolution 1917 etwas in Gang gesetzt worden war, das unheimlich demokratisiert werden, von sozialen und wirtschaftlichen Aspekten aus effizienter gestaltet werden musste. Darum ging es mir. Der Kapitalismus war für mich nie eine glaubwürdige Alternative, sondern ein demokratischer Sozialismus, obwohl ich den Begriff erst später angenommen habe. Was ich wollte, war ein untrennbar mit

Demokratie verbundener Sozialismus – keine „sozialistische Demokratie", die doch eigentlich nur dazu gedient hatte, Demokratie zu verhindern.

Gregor Gysi / Thomas Falkner „Sturm aufs Große Haus – Der Untergang der SED", Edition Fischerinsel Berlin, 1990

ÜBER OPPOSITIONELLE

Es wird heute doch deutlich, wie sehr die Bundesregierung die DDR stabilisiert hat. Man hatte sich auf die Zweistaatlichkeit eingestellt, und so fingen auch die Oppositionellen in beiden Staaten an zu stören. Es ist ja kein Zufall, dass die Grünen in die DDR nicht einreisen durften und man gleichzeitig darüber nachdachte, wie man die Opposition in der DDR möglichst ruhig halten kann, während andere Beziehungen ungestört verlaufen können.

„Einverstanden, aber ...", Gespräch mit Wolfgang Ullmann, „FREITAG", 1. 11. 1991

ÜBER DAS OZONLOCH

Es ist ein Riesenunterschied, ob du deine soziale Not jeden Tag spürst, weil du dir kein warmes Mittagessen leisten kannst, oder ob du weißt, da oben ist ein Ozonloch, das dich möglicherweise gefährdet, das du aber nicht wahrnimmst. Es ist ein Riesenunterschied, ob du selber hungerst oder nur weißt, dass die Dritte Welt hungert.

Aus einem Gespräch zwischen Gregor Gysi und Heiner Müller am 5. 6. 1992 im Alexander Verlag, Berlin

ÜBER PARTEIEN

Mit den Erfahrungen von gestern und denen aus der Gegenwart, mit dem Wissen um die Widersprüche in der Welt und die Probleme in unserem Land ziehe ich meine Schlüsse. Was würde ich machen, wenn ich König von Deutschland wär' ... Im Unterschied zu Helmut Schmidt bin ich nicht der Ansicht, dass jemand mit Visionen besser zum Psychiater denn in die Politik gehen sollte. Und natürlich hatte Bismarck recht, als er meinte, dass Politik die Kunst des Möglichen sei. Das warnt vor Illusionen. Es scheint mir aber auch zu legitimieren, dass Parteien nur noch in Legislaturperioden denken. Mehr Kunst, als in vier Jahren geleistet werden kann, ist eben nicht drin, basta. Diese Einladung zur Genügsamkeit, zum Durchwursteln, zum Weiterwerkeln bedeutet nicht nur Stagnation. Es ist auch gefährlich, weil globale Probleme – Kriege, Klima, Hunger, Bildung, Arbeit, Gesundheit, Umwelt, Ressourcen etc. – zwingend nach Lösung rufen. Ob sie nun wahrgenommen oder ignoriert werden. Sie stellen sich mit gnadenloser Härte und Konsequenz. Und darum halte ich es mit Che Guevara: „Seien wir realistisch, versuchen wir das Unmögliche."

Gregor Gysi: „Wie weiter? Nachdenken über Deutschland", Das Neue Berlin, 2013

ÜBER EIN MANDAT ALS PFLICHTVERTEIDIGER IN DER DDR

Also ich weiß noch, dass ich an einer Sache fast zugrunde gegangen wäre. Da war mein Vater der einzige, der mich wirklich verstanden hat. Da war so ein Mädchen aus irgendeiner westdeutschen Kleinstadt. Die ging nach Westberlin, verknallte sich in so eine Zuhältertype, bekam ein Kind von dem und wurde von dem anschließend noch zur Prostituierten herabgewürdigt. Eines Tages hat er sie auch noch überredet, nach Ostberlin zu fahren und dort am Alex ihren Pass jemandem zu übergeben. Damit würde dann eine DDR-Bürgerin ausreisen. Nach einer Stunde bekäme sie einen anderen Pass und könnte selber wieder raus. Natürlich kam niemand. So – die bekam in der DDR nun sechs Jahre für den Spaß. Und ich war ihr beigeordnet, ihr Pflichtverteidiger. Weil die ja wegen Menschenhandel angeklagt war. Der Ständigen Vertretung der BRD war das Schicksal von dem Mädel wurscht, der DDR-Staatsanwaltschaft erst recht. Ich bin da von Pontius zu Pilatus gerannt und habe gesagt: Ich finde das so unmarxistisch, dieses kleinste aller Opfer hier derart zu betrafen, und andere machen da die dicke Kohle mit der Sache. Ich hieß nur noch „der Nuttenfreund". Mann! War ich da geladen! Und der einzige, der hätte mitheulen können, war mein Vater. Nach zweieinhalb Jahren habe ich sie rausgekriegt.

Aus: ZEIT-Magazin, 8. 4. 1994

ÜBER PLAKATE

Ich fand das Plakat der CSU „Wer betrügt, der fliegt!" gut. Ich weiß nur nicht, wo wir mit der ganzen Bundesregierung hin sollen.

Politischer Aschermittwoch 2015

ÜBER PLATTFORMEN

Wir werden uns von keiner Plattform trennen, auch nicht von einer kommunistischen. Die PDS darf alles Mögliche werden, nur nicht antikommunistisch.

Interview in „Der Spiegel", 1. 8. 1994

ÜBER POLITIKER

… eine Gefahr besteht nicht, dass ein wirkliches Genie Politiker wird.

Aus einem Gespräch zwischen Gregor Gysi und Heiner Müller am 5. 6. 1992 im Alexander Verlag, Berlin

ÜBER DEMOKRATISCHE PRESSE

Wo die demokratische Presse ihre Berichterstattung politisch stark einengt, wo sie nicht über das gesamte demokratische Spektrum in unserem Land informiert, zwingt sie zu einem Mehr an Selbstdarstellung über Eigenpropaganda der Parteien. Und ich sage das ganz ohne Rücksicht auf meine eigene Partei: Eine solche Eigenpropaganda ist immer unkritischer, plakativer und beschönigender, als wenn ein aufmerksamer demokratischer Journalismus seiner Informationspflicht wirklich nachkommt. Letzteres ist die Voraussetzung, um die Selbstdarstellung der Parteien – sei es über Wahlspots oder andere Mittel – zu begrenzen. In finde, dass über diesen Zusammenhang gründlicher nachgedacht werden sollte.

Referat auf den Frankfurter Journalistentagen, 25. 3. 1993

ÜBER DEN BERUF DES RECHTSANWALTS

Ich kann weder anklagen noch verurteilen, was überhaupt kein Vorwurf an die anderen Berufsstände ist, sondern das ist eine, wie ich meine, völlig unterschiedliche Mentalität und auch eine völlig andere charakterliche Struktur. Ich hätte immer Hemmungen, jemanden zu verurteilen, weil ich nicht so recht weiß, woher ich die Überzeugtheit nehme, einen anderen zu verurteilen, in dessen Situation ich nicht gesteckt habe, und nicht weiß, wie ich mich verhalten hätte, wenn ich in seiner Situation gewesen wäre.

Aus „Der dumme Fuß will mich nach Deutschland tragen" von Nea Weissberg-Bob

ÜBER RECHTSSTAATLICHKEIT

Ob ein Staat ein Rechtsstaat ist oder nicht, hängt am allerwenigsten davon ab, ob er sich als ein solcher bezeichnet. Für mich ist es daher ziemlich unerheblich, wann und ob man diesen Begriff benutzt. Die entscheidenden Kriterien liegen meines Erachtens in den rechtlichen Gegebenheiten und rechtlichen Sicherheiten innerhalb eines gesellschaftlichen Systems. Rechtsstaatlichkeit setzt voraus, dass immer neu überprüft wird, wie die rechtlichen Regelungen im Interesse der Bürger weiterentwickelt werden können.

Interview im SPIEGEL als Vorsitzender des Rates der DDR-Rechtsanwaltskollegien 11/1989

ÜBER REGIERUNGSKOALITIONEN

Eine Regierungskoalition auf Bundesebene kommt doch nicht bloß, weil sich das drei Parteien wünschen – die es ja nicht mal tun –, aber selbst wenn: es braucht eine gesellschaftliche Atmosphäre, die nicht nur einen Personal- sondern einen Politikwechsel will.

Letztes ZDF-Sommerinterview mit Thomas Walde, Buckow 2015

ÜBER RIO REISER

In einen der Wahlkämpfe in den 90er Jahren zogen wir mit Rio Reisers vielleicht populärstem und schön ironischem Hit: „Das alles und noch viel mehr würd' ich machen, wenn ich König von Deutschland wär' …" Rio Reiser war, das nur zur Erinnerung, 1990 Mitglied der PDS geworden. Als wir uns bundesweit im öffentlich-rechtlichen Fernsehen mit diesem von einem Kinderchor gesungenen Wahlkampfsong präsentierten, nahmen die Radiostationen Reisers Original aus dem Programm, und der Musiksender VIVA boykottierte seinen Videoclip. Nur nebenbei bemerkt. Mich hat der Text des engagierten Linken, der, keine 47 Jahre alt, bereits im Jahr 1996 verstarb, immer zum Träumen provoziert. Was würde ich machen, wenn ...

Gregor Gysi: „Wie weiter? Nachdenken über Deutschland", Das Neue Berlin, 2013

ÜBER ROT-GRÜN-ROT

SPD, Bündnis 90/Grüne und PDS kommen in eine komplizierte Situation. Wenn es irgendwann eine gesellschaftliche Mehrheit für die Parteien links von der CDU gibt, dann werden es die Wähler allen drei Parteien schwer verübeln, wenn wir nichts anfangen mit so einer Mehrheit.

„taz", 22.11.1995

ÜBER GERHARD SCHRÖDER

Gerhard Schröder kam aus ärmlichen Verhältnissen, er sagte selber: „Wir waren die Asozialen." Er hat sich durchgewühlt und an der Abendschule die Mittlere Reife nachgeholt, dann auf dem Zweiten Bildungsweg das Abitur gemacht und schließlich Jura studiert. Er war bereits 32, als er seine Zulassung als Anwalt erhielt. Hat er aber als Ministerpräsident Niedersachsens oder als Bundeskanzler etwas unternommen, dass Kinder mit vergleichbarer Herkunft es leichter hätten als er? Heute wäre eine adäquate Entwicklung kaum noch denkbar.

Gregor Gysi: „Wie weiter? Nachdenken über Deutschland", Das Neue Berlin, 2013

ÜBER SCHULD UND GERECHTIGKEIT

„Die Schuld ist immer grenzenlos", heißt es in Franz Kafkas Novelle „In der Strafkolonie" über eine Hinrichtungsmaschine, die so funktioniert, dass dem Verurteilten mit feinen Nadeln der Tenor seines Urteils in den Leib geritzt wird. Die Maschine versagt am Ende dann doch, wo ihr ein Urteilsspruch angetragen wird, den sie nicht zu bewältigen vermag. Der lautet: „Sei gerecht!“

Gregor Gysi: „Wie weiter? Nachdenken über Deutschland“, Das Neue Berlin, 2013

ÜBER MARTIN SCHULZ

Ich habe gute Gespräche mit Martin Schulz geführt und schätze ihn persönlich. Aber Deutschland sollte die Kommission nicht dominieren. Die Linke schlägt vor, dass Alexis Tsipras Kommissionspräsident wird. Das finde ich gut. Auch wenn die Chancen für einen griechischen Linken real eher gering sind.

Interview „Super-Illu“, 31. 1. 2014

ÜBER DAS SED-ERBE

Es gab in Deutschland leichtere Erbschaften zu verteilen. Manchmal habe ich mich gefragt, womit ich die ganze Dresche verdient habe. Vielleicht war ich selbst schuld. In sowas muss man sich ja auch nicht reindrängen. Es wurde mir nur zu viel, als ich nach irgendwelchen Fehlern in der Mongolei gefragt wurde, für die ich auch noch verantwortlich sein sollte. Da habe ich mir eine Faustregel aufgestellt: Für alles, was ehemalige SED-Mitglieder in der SED getan haben, bin ich verantwortlich. Aber für das, was die Ausgetretenen machen, haften sie allein. Diese zwei Millionen drängeln sich jetzt in den anderen Parteien, und ich finde, die haben sie auch verdient.

Aus: „BONNER", Juli 1993

ÜBER EDWARD SNOWDEN

Ich verstehe, dass die USA, Großbritannien und Frankreich 1949 und danach Deutschland ausspioniert haben. Es gab ein tiefes Misstrauen gegenüber unserem Land. Aber wir haben nicht mehr 1949, wir haben 2013. Inzwischen führen Sie – wenn auch gegen unseren Willen – gemeinsam Kriege wie in Afghanistan. Dann derartig ausspioniert zu werden, ist unverschämt und nicht hinnehmbar. Dagegen muss man etwas tun, dagegen muss man sich wehren.

Aus: Rede im Bundestag, 18. 11. 2013, prämiert als „Rede des Jahres"

ÜBER DIE SOZIALDEMOKRATIE

Wir zielen jedenfalls auf eine Wiederaneignung der Handlungsmöglichkeiten staatlicher Macht gegenüber der kapitalistischen Ökonomie.

Manche halten das für zu wenig. Das kann ich verstehen. Das machen Sozialdemokraten, wenn ihnen mal wieder danach ist, vielleicht auch. Aber wir unterscheiden uns von ihnen in unserer „Gier" nach mehr. Die Sozialdemokratie ist immer sehr stolz auf sich: auf das, was sie tatsächlich erreicht hat, auf das, was sie sich einredet erreicht zu haben, darauf, dass sie noch mehr hätte sich abhandeln lassen können als sich bereits hat abhandeln lassen. Wir aber dürfen den Erfolg immer nur dann als Erfolg bewerten, wenn er Fortschritt sichert und Perspektiven für weiteren Fortschritt öffnet. Dem Kapital gibt es immer noch etwas zu entreißen. Wenn wir hier Ermüdungserscheinungen zeigen, graben wir uns die Substanz ab.

Vortrag bei der Konferenz „Marx-is-muss", 29. 11. 2009

Es gab folglich eher einen Gründungszeitraum [der SPD – d. Hrsg.] als ein präzises Gründungsdatum. In zeitlicher Parallelität verlief die ebenfalls in Etappen sich vollziehende Reichsgründung, „kleindeutsch" und unter preußischer Dominanz. Die soziale Basis des Staates war ein reaktionärer Kompromiss zwischen dem Bürgertum, das Spielraum für ungehemmte kapitalistische Modernisierung erhielt, und der großagrarischen Junkerklasse. Ausgeschlossen von der politischen Macht blieb die eigentumslose Klasse, das Industrieproletariat. Die Arbeiter waren aber auch sozial ausgeschlossen. […] Auf diese Situation der Ausgrenzung einer ganzen Klasse kann eine politische Arbeiterpartei auf zweierlei Weise reagieren: Erstens: Sie kämpft für soziale und demokratische Reformen, um innerkapitalistische Integrationserfolge in sozialer und politischer Hinsicht zu erzielen. Zweitens: Sie verbindet den Kampf um demokratische und soziale Integration mit dem Ziel, die kapitalistischen Produktionsverhältnisse zu beseitigen, also zumindest die wichtigsten Produktionsmittel zu vergesellschaften. […] Im Industrialisierungsprozess des 19. Jahrhunderts bedeutete „links": sozialdemokratisch. Das heißt umgekehrt auch, dass damals noch nicht getrennt marschiert wurde, im Unterschied zum 20. Jahrhundert. […]

Um die Jahrhundertwende formte sich eine politische Strategie heraus, die von Dieter Groh als „revolutionärer Attentismus" bezeichnet worden ist. Wenn man es etwas polemisch formulieren möchte: Nichts Riskantes tun und auf den Sozialismus hoffen. Denn der, so glaubte man Marx lesen zu dürfen, sei als historische Notwendigkeit der Geschichte ohnehin unumgänglich. […] Was statt des Sozialismus kam, war der Erste Weltkrieg […] Aufgrund ihrer Haltung zum Krieg spaltete sich die deutsche Sozialdemokratie. Die Befürworter der „Burgfriedenspolitik", also Unterordnung der Parteitätigkeit unter die Kriegserfordernisse, mobilisierten allerlei opportunistische bis zweifelhafte Gründe. […] Natürlich gab es auch antimilitaristische und internationalistische Strömungen in der SPD. Ihre Vertreter innerhalb der Reichstagsfraktion wurden von Friedrich Ebert aus der Fraktion und Partei ausgeschlossen. […] Die Novemberrevolution etablierte eine provisorische Revolutionsregierung („Rat der Volksbeauftragten"), die paritätisch aus SPD- und USPD-Mitgliedern zusammengesetzt war. Dennoch hatte die SPD ein strukturelles Übergewicht, da Friedrich Ebert Regierungschef wurde und die SPD das Verteidigungsressort erhielt. […]

Insgesamt zeigte sich eine Neigung innerhalb der rechten Sozialdemokratie, nur so viel Fortschritt durchzusetzen, wie es die Reaktion gerade genehmigte. Die linkeren Revolutionäre fielen aber vor allem durch Unentschlossenheit und Zögern auf. [...]

Es lässt sich nur schwer bestimmen, was in dieser Zeit [der Weimarer Republik – d. Hrsg.] mit „sozialdemokratisch" identifiziert werden kann. Demokratie und Sozialreformismus, wie es die heutige SPD gern hätte, sicher auch. Aber dazu gehörte auch eine gewaltige Verkennung und Unterschätzung der gegenrevolutionären Kräfte [...]. Allerdings hat die sich in den Parteikommunismus transformierende revolutionär-sozialistische Linke nicht verstanden, dass auch sie, durch ihre Abwendung von der Demokratie und Freiheit, die Reaktion begünstigte. Die Nazis verfolgten die Mitglieder von KPD und SPD gnadenlos. [...] Bis zum Godesberger Programm 1959 operierte die SPD programmatisch auf der Grundlage des Heidelberger Programms, das wiederum nur eine aktualisierte Version des Erfurter Programms von 1890 darstellte. Der programmatische Kern der SPD war bis dahin also marxistisch. Diesen Kern schaffte die SPD ab. Ihre Idee von einem demokratischen Sozialismus nahm abstrakte Züge an, da sie auf die Angabe von gesellschaftlichen Bedingungen, gerade auch Eigentumsfragen und ökonomischen Strukturbedingungen des Sozialismus verzichtete. Sozialdemokratie – das hieß von nun an: So viel soziale Gerechtigkeit, wie der Kapitalismus hergibt. Das Ironische an der Geschichte ist, dass die Konservativen es waren, die in den 50er und 60er Jahren auf kapitalistischer Grundlage einen Sozialstaatskompromiss etablierten, den sich die Sozialdemokratie ideologisch dann aneignete. Eine ähnliche Wende vollzog sich im Rahmen der Vorbereitung der rot-grünen Koalition und verschärft während der rot-grünen Regierungsjahre. Jetzt hieß es nicht mehr: So viel soziale Gerechtigkeit wie der Kapitalismus hergibt, sondern so viel Abbau sozialer Standards, wie für die neoliberale „Modernisierung" erforderlich ist. [...] Ging es der Sozialdemokratie einst darum, eine ausgegrenzte Klasse bei ihrer Emanzipation zu unterstützen, so betrieb sie jetzt den sozialen Abstieg von Teilen der Arbeiterklasse und zog den Staat aus sozialstaatlichen Aufgaben zurück. Vielleicht kommt die Zeit, da die Sozialdemokratie den Geist sozialer Gerechtigkeit noch einmal entdeckt. Ich würde es begrüßen.

150 Jahre SPD, in: „Der Freitag", Ausgabe 21/13

ÜBER DEN SOZIALISMUS

Der Sozialismus ist als Staatssozialismus (UdSSR und osteuropäische sozialistische Staaten) gescheitert. Das ist für die Linke insgesamt wichtig und folgenreich – auch für die Linke, die auf Distanz zum sowjetischen Staatssozialismus achtete. Die Reformpolitik in der Sowjetunion unter Michail Gorbatschow ging andere Wege als die in der Volksrepublik China, letztere vornehmlich ökonomische. Während nun der Staatssozialismus in Osteuropa gänzlich verschwunden ist, hat sich China im Zuge der Öffnungs- und Modernisierungspolitik zu einer großen Wirtschaftsmacht entwickelt. Für uns Neugierige stellt sich dabei aber auch die Frage, wo das Sozialistische in China bleibt. Diese Frage zielt auf etwas Allgemeines: Auf das Verhältnis zwischen kapitalistischer Modernisierung und Sozialismus.

Den Gedanken, dass sich eine sozialistische Gesellschaft nur auf der Grundlage hoher Produktivkraftentwicklung entfalten kann, kann ich nachvollziehen. Ich denke auch, dass Lenin mit seiner Neuen Ökonomischen Politik ähnliche Motive verfolgte. Gerade deshalb stelle ich meine Frage nach dem Sozialistischen.

Eröffnungsrede bei einer Konferenz in Peking, 24. 4. 2014, die von der Parteischule des Zentralkomitees der Kommunistischen Partei Chinas und der Rosa-Luxemburg-Stiftung organisiert worden ist.

Aber wir haben vor kurzem gefeiert oder wir vielleicht nicht so sehr, aber andere, und zwar den 150. Jahrestag der Gründung der SPD. Ich finde, die Geschichte der SPD ist schwer zu beurteilen.

Es ist eine Geschichte von großen Leistungen und von schwerwiegendem Versagen. Man kommt um beide Formulierungen nicht umhin. Aber wir haben es ja noch schwerer, es ist ja auch ein bisschen unsere Geschichte. Ihr könnt mal durch die Reihen gehen und fragen in einem juristischen Sinne, wann wir gegründet worden sind. Die Frage ist kaum zu beantworten. Das macht nichts. Mir fallen bei dieser Geschichte auch ganz wichtige Namen ein, auf die ich auch stolz bin. Ich nenne Karl Marx, ich nenne Friedrich Engels, ich nenne August Bebel, ich nenne Wilhelm und Karl Liebknecht, ich nenne Rosa Luxemburg, ich nenne Clara Zetkin – fantastische Namen der Geschichte der LINKEN und Deutschlands. Es gab in vielen Kreisen, aber gerade auch von der LINKEN einen ausgesprochen tapfereren und aufopferungsvollen Kampf gegen die Nazis. Natürlich denke ich dann auch an die DDR. Ich weiß auch, dass wir in zwei Tagen den 60. Jahrestag des 17. Juni 1953 begehen. Damals wurde klar, dass die Vorstellung des demokratischen Sozialismus in weite Ferne rückte.

Ich sage es hier ganz offen und ganz direkt, der Staatssozialismus ist untergegangen und zwar zu Recht, weil er weder demokratisch noch freiheitlich war und auch seine Produktivität nicht ausreichte, es ging immer um eine Mangelwirtschaft. Wir haben uns – anders als andere – damit auseinandergesetzt und die wichtigste Schlussfolgerung gezogen: Sozialismus geht nur demokratisch oder es ist keiner. Die zweite Schlussfolgerung, die wir gezogen haben, heißt, man muss immer nah bei den Menschen und ihren Problemen sein. Wir haben damals als PDS damit begonnen, Mieterberatung, Rentenberatung, später zusammen haben wir dann Hartz-Beratungen durchgeführt. Wir haben das oft, aber nicht immer beachtet. Wenn man die Nähe zu den Bürgerinnen und Bürgern verliert, darf man sich nicht wundern, wenn die Akzeptanz zurückgeht. Der Staatssozialismus ist gescheitert, aber das bedeutet nicht, dass die DDR keine Leistungen hervorgebracht hat. Ich nenne nur die Erwerbstätigkeit und die Qualifikation der Frauen, die Kita-Versorgung, die Schule, in der es leider politische, aber niemals eine soziale Ausgrenzung gegeben hat, die Polikliniken, die Berufsausbildungen mit Abitur. Und ich finde, wir sollten endlich lernen, darauf auch selbstbewusst zu verweisen und nicht immer wegzukriechen.

Warum bin ich, im Unterschied zu vielen anderen, Sozialist geblieben? Der Kapitalismus schafft regelmäßig ein sehr effektives Wirtschaftssystem. Das zu leugnen, wäre völlig falsch. Und er kann auch Freiheit und Demokratie gewähren, er kann aber auch das Gegenteil hervorbringen. Ich darf an Namen wie Hitler und Pinochet erinnern – das war auch alles Kapitalismus. Deshalb ist es für eine LINKE so wichtig, auch im Kapitalismus mit allen Kräften für Freiheit und Demokratie zu streiten, und alles was diesbezüglich errungen ist, zu bewahren. Er erbringt auch gewaltige Leistungen in Wissenschaft und Kunst, übrigens interessanter Weise in Kultur und Kunst in Auseinandersetzungen mit ihm, aber trotzdem kommen diese Leistungen ja aus ihm hervor.

Weshalb bin ich dennoch Sozialist geblieben? Weil der Kapitalismus Kriege verursacht, von Kriegen lebt, und schon so lange so viel an Kriegen verdient wird. Letztlich stecken hinter jedem Krieg ökonomische Interessen. Das bin ich leid, deshalb will ich einen demokratischen Sozialismus. Weil der Kapitalismus keine soziale Gerechtigkeit herstellt, er tendiert immer dazu, den Reichtum in wenigen Händen zu konzentrieren und die Armut zu verbreiten. Weil der Kapitalismus keine ökologische Nachhaltigkeit herstellen kann, weil es auf unserer Erde jährlich etwa 70 Millionen Tote gibt, davon sterben im Jahr 18 Millionen Menschen an Hunger. Obwohl wir eine Landwirtschaft haben, die die Menschheit zweimal ernähren könnte, sterben 18 Millionen Menschen an Hunger. Warum ist der Kapitalismus nicht in der Lage, wenigstens die Menschheit zu ernähren – ich verstehe es nicht. Und deshalb wollen wir die Gesellschaft transformieren hin zu einem demokratischen Sozialismus.

Rede auf dem 3. Parteitag der LINKEN, 2. Tagung

Ich denke, dass das Klügste, was Marx über sozialistische Zielvorstellungen geschrieben hat, wohl darin bestand, dass er es ablehnte, Utopien auszumalen. Das haben viele vor ihm schon gemacht. Unser sozialistisches Erbe besteht darin, dass wir uns für die Befreiung der Menschen aus ihren gesellschaftlichen Fesseln einsetzen. Und es gibt Freiheitspotenziale, deren Freisetzung durch das Kapital blockiert bleibt. Für die Aufhebungen dieser Blockaden kämpfen wir.

Aus: „DIE LINKE und linke Politik in Deutschland", Vortrag im Institut für Marxismus an der Peking Universität, am 25. 4. 2014

ÜBER ADMINISTRATIV-ZENTRALISTISCHEN SOZIALISMUS

Der administrativ-zentralistische Sozialismus hat zu politischer und ökonomischer und wirtschaftlicher Krise, zu Korruption und Amtsmissbrauch geführt. Er hat sich bei uns und in anderen sozialistischen Ländern als unfähig erwiesen, einen wirksamen Beitrag zur Lösung der Menschheitsprobleme zu leisten.

Aus: Rede auf dem Außerordentlichen Parteitag der SED, 8./9. 12. 1989

ÜBER DEMOKRATISCHEN SOZIALISMUS

Der Weg in einen demokratischen Sozialismus, wie schon der Name sagt, kann nur auf demokratischem Wege erfolgen, weil er anders weder angenommen wird noch machbar ist. Ich kann Sozialismus gegen den Willen einer Mehrheit weder einführen noch durchsetzen, noch würde er Bestand haben. Damit urteile ich nicht über Befreiungsbewegungen gegen diktatorische Regime, in Lateinamerika etwa. Aber das hat Herr Thierse auch nicht gemeint. Wenn ich an die führenden Industriestaaten denke, also dort, wo es demokratische Wirkungsmöglichkeiten gibt, müssen die Veränderungen auf demokratische Art und Weise erreicht werden. Ein anderer Weg kommt für mich nicht in Frage. Deshalb sage ich auch in unserer Partei, wir müssen uns vom Linksextremismus und vom Sektierertum deutlich abgrenzen [...].

„Reden wir miteinander", Gregor Gysi und Wolfgang Thierse in einem Streitgespräch der „Jungen Welt" und des ARD-Rundfunks, August 1990

ÜBER DEN REAL EXISTIERENDEN SOZIALISMUS

Die Beurteilung des real existierenden Sozialismus ist ohne historischen Abstand ungeheuer schwierig. Er ist meines Erachtens zurecht untergegangen, weil er ineffektiv, undemokratisch und antiökologisch war. Dennoch würde ich sagen, sind mit ihm auch drei historische Leistungen verbunden, nämlich die Abschaffung des Kolonialsystems, die Niederschlagung des deutschen Faschismus und eine bis dahin in der Geschichte einmalige Reduzierung sozialer Unterschiede, bei allen Problemen, die auch das wieder nach sich gezogen hat.

Auf einer Diskussion in der Berliner Akademie der Künste (West), 19. 1. 1992

ÜBER STAATSSICHERHEIT

Die beste Staatssicherheit ist immer noch die Rechtssicherheit.

Aus: Rede auf dem Berliner Alexanderplatz, 04. 11. 1989

ÜBER STAATSSOZIALISMUS

Warum konnten die Sowjetunion und ihre Verbündeten diesen Konflikt [gemeint ist der „Kalte Krieg" – d. Hrsg.] nicht gewinnen? Man muss die Frage reformulieren: Warum konnte dieses System den politischen Mitgestaltungsbedürfnissen und den Wohlstandsbedürfnissen der Bevölkerung nicht entsprechen? Warum war da eine Entwicklungsschranke? Eines ist sicher: Die damalige Vorstellung von „Planwirtschaft“ war zu starr und zu bürokratisch. Das eine verhinderte das adäquate Reagieren auf Bedürfnisentwicklungen, das andere verhinderte die politische Mitgestaltung. Aber das ist nur die halbe Antwort. Die andere Hälfte der Wahrheit glauben viele zu wissen, aber das ist dann häufig nur das bestätigte antikommunistische Vorurteil. Um ehrlich zu sein, vieles an diesem Gesellschaftssystem ist noch unzureichend aufgeklärt, um eine befriedigende Erklärung zu finden.

Aus: „DIE LINKE und linke Politik in Deutschland“, Vortrag im Institut für Marxismus an der Peking Universität, 25. 4. 2014

ÜBER DEN STAATSVERTRAG

Dem vorliegenden Vertrag können wir nicht zustimmen, weil er verfassungsrechtlich bedenklich, wirtschaftspolitisch und sozial völlig unausgewogen, zum Teil oberflächlich ist und praktisch unter Ausschaltung der jeweiligen Bevölkerung zustande kam.

Volkskammer der DDR, Debatte zum Staatsvertrag, 21. 6. 1990

ÜBER EINE MÖGLICHE SPÄTE KARRIERE ALS SYNCHRONSPRECHER

Es müsste natürlich ein Schauspieler sein, bei dem die Frauen dahinschmelzen. Robert Redford wäre nicht schlecht. Aber ich fürchte, die guten Rollen sind alle schon vergeben.

Zeitschrift „GALA", 10. 6. 2015

ÜBER REICHE TANTEN

Wenn ich schon 'ne reiche Tante habe und ich bin der arme Neffe, dann ziehe ich wenigstens zusammen mit ihr in eine neue Wohnung, da habe ich ja noch eine Chance. Doch wenn sie sagt, sie macht ein Zimmer für mich frei, dann weiß ich, welche Stellung ich in ihrer Wohnung haben werde. Deshalb war ich für Artikel 146 des Grundgesetzes. Aber, von diesen psychologischen Momenten abgesehen, das Kernproblem war doch ein anderes, ein objektives Problem, und deshalb sage ich das ohne Schuldvorwurf. Die polnische Gesellschaft, die ungarische Gesellschaft, die tschechische, die slowakische, all diese osteuropäischen Gesellschaften mussten sich aus sich heraus erneuern. Sie hatten keine andere Chance. Sie haben ihre Eliten übernommen, von der Schlagersängerin bis zum Polizeioffizier. Wir aber sind der Gesellschaft der Bundesrepublik Deutschland beigetreten. Und die brauchte aus der DDR existenziell nichts, gar nichts. Nicht ein Betrieb, nicht ein Theater, nicht eine Universität war existenziell notwendig für die alte Bundesrepublik und schon gar nicht die Eliten aus der DDR. Sie hatte doch genügend Schlagersänger, Wissenschaftler und erst recht Politiker. In Polen aber gab es nur die, die es auch vorher da gab. Ja, und dann passiert natürlich

Folgendes: Fast alles, was du nicht brauchst, machst du zu.

Interview „Berliner Zeitung", 22. 4. 2000

ÜBER TAUSENDFÜSSLER

Wenn ein Tausendfüßler darüber nachdächte, wie er geht, würde er sämtliche Beine verknoten.

Interview für das Magazin „Marie Claire", Februar 1996

ÜBER THEORIE UND PRAXIS

Infragestellung der Herrschaftsbeziehung führt zu kritischen Theorien. Gesellschaftskritik, das will ich hier anmerken, versucht, die Geste des Innehaltens, des Aussteigens aus dem unmittelbaren Gehorsam ins Normale zu wenden. So auch habe ich immer die Elfte Feuerbachthese von Marx verstanden, dass die Philosophen die Welt verschieden interpretiert hätten, es aber darauf ankäme, sie zu verändern. Die Theorie schafft nicht nur das Bewusstsein der Änderbarkeit der Verhältnisse; sie kann darüber hinaus nur dann erfolgreich sein, wenn sie zu einer Theorie der Veränderungswilligen wird. Eine Gesellschaftskritik, eine dialektische zumal, die nicht ihrerseits für das stets stattfindende Unrecht sensibel macht, wird daher auch ihrem Zweck niemals gerecht.

Aus: „Laudatio zur Verleihung des Blue Planet Award 2011" durch Ethecon, Stiftung für Ethik & Ökonomie, an Angela Davis

Völlig zu Recht hat Immanuel Kant daher gegen jenen Gemeinspruch polemisiert, wonach etwas „in der Theorie ja ganz richtig sein mag", was in der „Praxis" dann doch ganz anders sei. Denn schnell wird hier vulgarisiert. Die für die Naturwissenschaft relevante Praxis – Experiment und Technik – ist normiert und kontrolliert, kein besinnungsloses Tun. Umgekehrt gilt für die Theoriebildung, dass ihr Wahrheitsanspruch auf praktische Bestätigungsinstanzen angewiesen ist. Eine künstliche Trennung von Theorie und Praxis führt zur Vulgarisierung des Wissenschafts- und Praxisverständnisses.

Nun tritt der Marxismus nicht einfach mit dem bescheidenen Anspruch auf, irgendeine Theorie neben anderen zu sein, man sich also aussuchen könne, welche Theorie man bevorzuge, sondern er tritt mit Wissenschaftsanspruch auf. Seine theoretischen Sätze sollen also einen klaren Erkenntnisstatus aufweisen, was ihn von Geschmacksurteilen unterscheidet. Die Frage ist daher alles andere als trivial, was für eine Praxis es sein soll, die sich der marxistischen Theorie zuordnen lässt und als Ausweis ihrer Richtigkeit dienen kann. Marx spricht in seinen *Thesen über Feuerbach* von „revolutionärer Praxis". Der Ausdruck scheint aber nur kurz in diesen insgesamt recht knapp gehaltenen *Thesen* auf.

Aus: „Der Politiker und die Revolutionärin.", in: Peter Raue, Irene Bazinger, „Wir Berliner", Quadriga Verlag 2014

ÜBER DEN TOD

Ich habe eine so schwache Fantasie, dass ich ihn mir nicht vorstellen kann. Ich möchte so lange leben, bis es zu beschwerlich wird.

Interview „DIE BUNTE", 17. 8. 2015

ÜBER ALEXIS TSIPRAS

Herr Tsipras ist ein Glücksfall für Europa schon deshalb, weil wir das erste Mal über eine Wende in der Politik der europäischen Union und der Eurozone nachdenken.

Pressestatement nach einem Gespräch mit Alexis Tsipras am 24. 3. 2015 in Berlin

ÜBER TWITTER

Ich mache jeden Tag Wahlkampf, egal ob gerade Wahlen anstehen oder nicht. *24. 8. 2013*

Nelson Mandelas größte Leistung ist es, die schwarze Mehrheit Südafrikas auf den Weg der Versöhnung mit der weißen Minderheit geführt zu haben. … Mandelas Antwort auf Unterdrückung war nicht Rache. Die Welt bewunderte + und verehrte ihn dafür. Gefolgt ist sie seinem Beispiel bisher zu selten. *6. 12. 2013*

Ab morgen bin ich konservativ. Aber nur keine Angst: Nur für drei Tage und nur in der Nähe des Weihnachtsbaums. *23. 12. 2013*

#Hitzlsperger Respekt! In allen Bereichen mit antiquiertem Männlichkeitsbild spielt hoffentlich bald keine Rolle mehr, wer mit wem wie lebt. *8. 1. 2014*

Mittelstandsbauch: Wir alle wollen doch schlank bleiben bzw. werden, schon deshalb wird es Zeit, dass auch dieser Bauch endlich verschwindet. *17. 4. 2015*

Ich wundere mich, dass Angela Merkel weiß, dass ich Single bin? *17.4.2015*

@SWagenknecht+@DietmarBartsch müssen nach ihrer Wahl deutlich machen, dass sie die Vorsitzenden der gesamten @Linksfraktion sind. *15.6.2015*

ÜBER DIE GRÜNDUNG EINES UNTERNEHMENS

Wie kommt man an ein Unternehmen? Mit welcher Freiheit war das verbunden, mit welcher Unfreiheit anderer? Lassen Sie mich ein Beispiel bringen: Wir haben in den osteuropäischen Ländern gelernt, was passiert, wenn man aus dem Sozialismus heraus eine freie Marktwirtschaft installiert. Legal ist doch kein einziger Sowjetbürger zu so viel Geld gekommen, dass er in der Lage gewesen wäre, ein Unternehmen zu gründen. Es gab zwei Möglichkeiten: Man war kriminell, oder man hatte ausländisches Kapital ... Es ist kennzeichnend für eine Phase des Kapitalismus, die es bei uns auch gab. Wir sind hier in Westdeutschland 100, 150 Jahre weiter. Die Söhne, Enkel und Urenkel der ersten Kapitalisten müssen bei uns nicht mehr straffällig werden, um freie Unternehmer zu werden.

Wirtschaftsmagazin „brand eins", Ausgabe 1/2005

ÜBER VERGESELLSCHAFTUNG

Wir wollen einen Staat mit Macht gegenüber der Wirtschaft. Keine Frage. Aber zugleich wollen wir, dass der Staat nicht einfach den Willen irgendwelcher Bürokratien und Expertokratien exekutiert; wir wollen einen Staat, der einen politischen Inhalt hat, der sich aus den Bedürfnissen der Mehrheit unserer Gesellschaft speist. Er muss also demokratisch sein. Wenn Banken verstaatlicht werden, sollen also nicht einfach nur staatliche Manager diese Banken leiten; diese Manager müssen sich in geschäftspolitischen Grundsatzentscheidungen binden lassen können und Wirtschaftspolitik muss einer starken demokratischen Kontrolle unterworfen werden können.

Bedenkt bitte auch folgendes. Der Staat hat in der Bundesrepublik vielerlei Gestalt. Er reicht von den Bundesangelegenheiten, über die Länderhoheit bis zu den Kommunen; und es gibt recht komplizierte Verhandlungssysteme zwischen diesen Ebenen. Staatseigentum kann daher auch höchst verschiedene Gestalten annehmen. Die Verstaatlichung von Großbanken muss daher nicht das einzige ideale Muster sein. Energiekonzerne sollten z. B. dezentralisiert und kommunalisiert werden, um bedarfsgerechter produzieren zu können. Welche Vergesellschaftungsformen bevorzugt werden sollten, ist durchaus vom Charakter der jeweiligen Sektoren abhängig.

Aus: Vortrag auf der Konferenz „Marx-is-muss“, 29. 11. 2009

ÜBER VIELFALT

Ich will auch nicht, dass wir eine geschichtslose Partei werden. Aber: Von den zehn Leuten, die wir auf dem Rostocker Parteitag direkt in Führungspositionen gewählt haben, waren fünf früher Sozialdemokraten, zwei in der SED, drei nur in der Linkspartei. Für viele ist die DDR nicht mehr das bestimmende Thema. Das muss man mal zur Kenntnis nehmen.

Interview „taz" vom 14. 6. 2010

ÜBER SAHRA WAGENKNECHT

[Antwort auf die Frage, ob es stimme, dass er Sahra Wagenknecht an der Fraktionsspitze verhindern wolle.]

Ich habe sie vorgeschlagen. Ich habe sie nur nie an meine Seite genommen als Mitvorsitzende ... Wir hätten nicht gut zusammengepasst. An der Seite von Bartsch könnte das eher funktionieren. Er kann organisieren und versteht etwas vom Apparat, sie hält gerne Reden und geht in Talkshows. Das kann sogar eine sinnvolle Arbeitsteilung sein.

Gregor Gysi im Interview mit der „Berliner Morgenpost", 14. 8. 2015

In der Politik habe ich kein Problem damit, dass Sahra Wagenknecht einige Sachen besser kann als ich. Sie kann zum Beispiel wissenschaftlich viel genauer in Wirtschafts- und Finanzfragen denken. Ich bin Generalist.

Interview in DIE BUNTE vom 17. 8. 2015

ÜBER WITZE ÜBER GREGOR GYSI

Also – 1990 haben sie erzählt, dass ich angeblich am Müggelsee in Berlin stehe und mit Jesus spreche und sage, dass ich überhaupt nicht mehr weiter weiß, und er soll mir doch mal helfen, irgendein Wunder zu vollbringen. Und da sagt er: „Na, ist gut, lauf' los, du wirst sehen, du kannst über den See laufen und die Leute werden staunen." Ich laufe los, laufe auch tatsächlich über den See – was sagen die Leute im Hintergrund? Kiek mal, schwimmen kann er ooch nich!

Im Interview für das ARD-Morgenmagazin, 16. 5. 1997

ÜBER DAS, WORAUF ER AM EHESTEN VERZICHTEN KANN

Ich verzichte überhaupt nicht gern.

Aus dem Fragebogen der „Märkischen Oderzeitung", 16. 8. 1997

ÜBER KLAUS WOWEREIT

Leute, die sich nichts gönnen, gönnen auch anderen nichts.

„Gysi trifft Wowereit", Matinee im Deutschen Theater, 4. 12. 2005

ÜBER DAS, WAS ER BESONDERS GUT KANN

Sie und andere in Grund und Boden quatschen.

„Der Tagesspiegel", Causa-Fragebogen, 16. 8. 2015

ÜBER ZUWANDERUNG

Ich bin davon beeindruckt, wie viele Menschen freiwillig und gern den Flüchtlingen helfen. Damit Kommunen und Länder das Ihre leisten können, ohne dass für andere Leistungen das Geld fehlt, sollte der Soli an alle Länder verteilt werden. Die Regierung muss ernsthaft beginnen, die Fluchtursachen zu bekämpfen, sonst kann irgendwann eine unbeherrschbare Situation eintreten.

„Bild", 8. 9. 2015

ISBN 978-3-359-02490-3

Umschlaggestaltung: Verlag
Foto S. 5: Frank Schwarz
Druck und Bindung:
BGZ Druckzentrum, Berlin

www.eulenspiegel-verlagsgruppe.de